PAVILLON

MARY HIGGINS CLARK

Träum süß, kleine Schwester

PAVILLON VERLAG
MÜNCHEN

Titel der Originalausgabe
VOICES IN THE COALBIN AND OTHER STORIES

Umwelthinweis:
Dieses Buch wurde auf chlor-und säurefreiem Papier gedruckt.

Taschenbuchausgabe 10/2005

Printed in Germany 2005
Umschlagillustration: Michael Shay / getty images
Umschlaggestaltung: Nele Schütz Design, München
Druck und Bindung: GGP Media GmbH, Pößneck

www.heyne.de
ISBN: 3-453- 77084-6

INHALT

Die Stimme im Keller

Als sie ankamen, war es dunkel. Mike steuerte den Wagen von der schmutzigen Straße in die lange Zufahrt und hielt vor dem kleinen Landhaus. Die Grundstücksmaklerin hatte versprochen, Heizung und Beleuchtung einzuschalten. Stromvergeudung war offenbar nicht ihre Sache.

Über der Tür entsandte eine Spezialbirne für Insektenschutz einen fahlen gelblichen Strahl, der im gleichmäßigen Nieselregen vibrierte. Die Fenster mit den kleinen Scheiben waren in dem schwachen Lichtschein, der durch einen Vorhangspalt drang, kaum auszumachen.

Mike streckte sich. Vierzehn Stunden am Steuer während der letzten drei Tage — kein Wunder, daß sein langer, muskulöser Körper völlig verkrampft war. Er strich sich das dunkelbraune Haar aus der Stirn und wünschte, er hätte sich vor der Abfahrt in New York die Zeit genommen, sich die Haare schneiden zu lassen. Laurie zog ihn auf, als sie zu wachsen anfingen. »Du siehst aus wie ein dreißigjähriger Kaiser, Lockenköpfchen«, stellte sie fest. »Dir fehlt nur noch 'ne Toga und ein Lorbeerkranz, dann bist du komplett.«

Vor etwa einer Stunde war sie eingeschlafen. Ihr Kopf lag in seinem Schoß. Unschlüssig schaute er hinunter, es widerstrebte ihm, sie zu wecken. Zwar konnte er ihr Profil kaum erkennen, doch er wußte, daß im Schlaf die verkniffene Mundpartie und der

Ausdruck panischen Schreckens aus ihrem Gesicht verschwanden.

Vor vier Monaten hatte der ständig wiederkehrende Alptraum begonnen, dieser Horror, der sie gellend aufschreien ließ: »Nein, ich komme nicht mit euch. Ich will nicht mit euch singen.«

Er rüttelte sie wach. »Ist ja schon gut, Liebes. Alles in Ordnung.«

Ihre Schreie verebbten zu verängstigtem Schluchzen. »Ich weiß nicht, wer sie sind, aber sie wollen mich, Mike. Ich kann ihre Gesichter nicht erkennen, aber sie drängen sich alle dicht zusammen und winken mir zu.«

Er war mit ihr zum Psychiater gegangen, der sofort eine intensive Behandlung begann. Doch die Alpträume gingen weiter, unvermindert. Sie hatten eine begabte vierundzwanzigjährige Sängerin, die gerade als Solistin in ihrem ersten Musical am Broadway aufgetreten war, in ein zitterndes Wrack verwandelt, das nach Einbruch der Dunkelheit nicht allein sein konnte.

Der Psychiater hatte einen Urlaub vorgeschlagen. Mike erzählte ihm von den Sommern, die er im Haus seiner Großmutter am Oshbee Lake, fünfundsechzig Kilometer von Milwaukee, verbracht hatte. »Meine Großmutter ist im vergangenen September gestorben«, hatte er erklärt. »Das Haus steht zum Verkauf. Laurie ist nie dort gewesen, und sie liebt Wasser.«

Der Arzt war einverstanden. »Aber geben Sie acht auf sie«, warnte er. »Sie ist schwer deprimiert. Ich bin sicher, diese Alpträume sind eine Reaktion auf ihre Kindheitserlebnisse, aber sie erdrücken sie.«

Laurie hatte die Gelegenheit wegzufahren freudig begrüßt. Mike war Juniorpartner in der Anwaltskanzlei seines Vaters. »Nimm dir soviel Zeit, wie du brauchst«, meinte der. »Hauptsache, es hilft Laurie.«

Ich erinnere mich hier an strahlende Helle, dachte Mike, als er das in Dunkelheit getauchte Haus mit wachsendem Schrecken betrachtete. Ich erinnere mich, wie sich das Wasser anfühlte, wenn ich hineinsprang, an die warme Sonne auf meinem Gesicht, an den Wind, wie er die Segel füllte und das Boot über den See gleiten ließ.

Es war Ende Juni, hätte aber genausogut Anfang März sein können. Dem Radio zufolge dauerte der Kälteeinbruch in Wisconsin seit drei Tagen an. Hoffentlich ist genügend Kohle da, um die Heizung in Gang zu halten, dachte Mike, andernfalls verliert diese Maklerin den Auftrag.

Er mußte Laurie wecken. Sie auch nur für eine Minute allein im Wagen zu lassen, wäre schlimmer. »Wir sind da, Liebes«, sagte er, seine Stimme täuschte Heiterkeit vor.

Laurie regte sich. Er fühlte, wie sie sich versteifte, dann entspannte, als er sie fest in die Arme schloß. »Es ist so dunkel«, flüsterte sie.

»Wir gehen rein und machen Licht.«

Er erinnerte sich an den ständigen Ärger mit dem Schloß. Man mußte die Tür kräftig anziehen, bevor man den Schlüssel herumdrehen konnte. In einer Steckdose in der kleinen Diele war eine Nachtbeleuchtung angeschlossen. Das Haus war zwar nicht warm, aber auch nicht so eiskalt, wie er befürchtet hatte.

Rasch knipste Mike das Licht im Flur an. Die Tapete mit den Efeuranken wirkte verblichen und verschmutzt. Das Haus war in den fünf Sommern, die seine Großmutter im Pflegeheim verbrachte, vermietet worden. Mike erinnerte sich, wie sauber und warm und anheimelnd es war, solange sie hier wohnte.

Lauries Schweigen war vielsagend. Den Arm um sie gelegt, führte er sie ins Wohnzimmer. Die samtbezogenen Polstermöbel, in denen er es sich mit einem Buch bequem zu machen pflegte, standen noch auf ihrem Platz, wirkten aber, wie die Tapete, schmuddelig und schäbig.

Mike runzelte besorgt die Stirn. »Tut mir leid, Schatz. War eine Schnapsidee, hierherzukommen. Möchtest du in ein Motel gehen? Wir sind an zwei recht ordentlich aussehenden vorbeigefahren.«

Laurie lächelte ihn an. »Ich möchte hierbleiben, Mike. Ich möchte, daß du mich an all den wunderbaren Sommern teilhaben läßt, die du hier verbracht hast. Ich möchte deine Großmutter als meine reklamieren. Dann komme ich vielleicht über all das hinweg, was mit mir geschieht.«

Laurie war von ihrer Großmutter erzogen worden, die an schwerer Angstneurose litt. Sie hatte versucht, Laurie Angst vor der Dunkelheit einzuflößen, Angst vor Fremden, Angst vor Flugzeugen und Autos, Angst vor Tieren. Als Laurie und Mike sich vor zwei Jahren kennenlernten, hatte sie ihn schokkiert und amüsiert mit der Litanei haarsträubender Geschichten, die ihre Großmutter ihr tagtäglich vorgesetzt hatte.

»Wie hast du dich nur so normal entwickelt, so

heiter und vergnügt?« fragte Mike sie dann jedesmal.

»Hätte ich mich von ihr irrenhausreif machen lassen, wär's aus und vorbei gewesen mit mir.« Doch die letzten vier Monate hatten gezeigt, daß Laurie letztlich nicht ohne psychischen Schaden davongekommen war, der geheilt werden mußte.

Jetzt lächelte Mike ihr zu, betrachtete liebevoll die leuchtenden meergrünen Augen, die dichten dunklen Wimpern, die Schatten warfen auf ihre porzellanweiße Haut, die kastanienbraunen Locken, die das ovale Gesicht anmutig umrahmten.

»Du bist so verdammt hübsch«, sagte er, »und natürlich erzähl' ich dir alles über Großmama. Du kanntest sie ja nur, als sie schon krank und gebrechlich war. Ich werde dir Geschichten auftischen von unserem gemeinsamen Angeln bei Sturm, vom Joggen rund um den See und wie sie mich da angebrüllt hat, Schritt zu halten, vom Wettschwimmen, bei dem ich sie mit sechzig zum erstenmal schlagen konnte.«

Laurie nahm sein Gesicht in die Hände. »Hilf mir, so zu sein wie sie.«

Gemeinsam brachten sie die Koffer und die Lebensmittel herein, die sie unterwegs gekauft hatten. Mike ging in den Keller hinunter. Er schnitt eine Grimasse, als er einen Blick in den 1,20 m breiten und 1,80 m langen Bretterverschlag neben dem Heizkessel warf, in dem die Kohlen lagerten; er befand sich direkt unter dem Fenster, das beim Entladen des Kippers für die Rutsche geöffnet wurde. Mike erinnerte sich, wie er als Achtjähriger seiner Großmutter geholfen hatte, einige Bretter des Verschlages zu ersetzen. Jetzt wirkten sie durchweg morsch.

»Auch im Sommer wird es nachts manchmal kalt, aber wir werden's immer hübsch warm haben, Mike«, sagte seine Großmutter oft, wenn er ihr helfen durfte, Kohlen in den alten, schwarz gewordenen Heizkessel zu schaufeln.

Mike entsann sich noch genau, daß sich die blanken schwarzen Eierbriketts früher immer zu Bergen türmten. Jetzt war der Verschlag fast leer. Der Vorrat reichte gerade noch für zwei bis drei Tage. Er griff zur Schaufel.

Der Heizkessel funktionierte noch, kam geräuschvoll auf Touren, was rasch im ganzen Haus zu hören war. Die Röhren klapperten und rasselten, als Heißluft zischend nach oben entwich.

In der Küche hatte Laurie die Lebensmittel ausgepackt und mit der Zubereitung eines Salates begonnen. Mike grillte ein Steak. Sie machten eine Flasche Bordeaux auf und aßen nebeneinander an dem alten Emailtisch, im vertraulichen Schulterschluß.

Als sie die Treppe zum Schlafzimmer hinaufgingen, entdeckte Mike den Zettel, den die Maklerin auf dem Flurtisch hinterlassen hatte. »Hoffe, Sie finden alles in Ordnung vor. Tut mir leid wegen des Wetters. Kohlenlieferung am Freitag.«

Sie entschieden sich für das Zimmer seiner Großmutter. »Sie hat dieses Messingbett geliebt«, erklärte Mike. »Keine einzige Nacht, in der sie nicht wie ein Baby darin geschlafen hätte, behauptete sie immer.«

»Hoffen wir, daß es mir genauso geht.« Laurie

seufzte. Im Wäscheschrank lagen saubere Laken, aber sie fühlten sich feucht und klamm an. Die Sprungfedermatratzen rochen muffig. »Wärme mich«, flüsterte Laurie erschaudernd, als sie sich zudeckten.

»Mit Vergnügen.«

Sie hielten sich fest umschlungen, als sie einschliefen. Um drei Uhr begann Laurie zu schreien, ein durchdringender, wehklagender Schrei, der durchs ganze Haus hallte. »Geht weg. Weg mit euch. Ich will nicht. Nein, ich will nicht.«

Es dämmerte bereits, als sie aufhörte zu schluchzen. »Sie kommen näher«, sagte sie zu Mike. »Sie kommen immer näher.«

Der Regen hielt den ganzen Tag über an. Das Außenthermometer zeigte drei Grad Celsius. Den Vormittag verbrachten sie lesend, jeder auf einer Samtcouch zusammengerollt. Mike beobachtete, wie Laurie sich allmählich entspannte. Als sie nach dem Lunch in tiefen Schlaf fiel, ging er in die Küche und rief den Psychiater an.

»Ihr Gefühl, daß sie näher kommen, kann ein gutes Zeichen sein«, meinte der Arzt. »Möglicherweise befindet sie sich unmittelbar vor der Bewußtseinsschwelle. Ich bin überzeugt, daß die Wurzel dieser Alpträume in den Ammenmärchen zu suchen ist, die Lauries Großmutter ihr erzählte. Wenn wir genau definieren können, welches diese Angst ausgelöst hat, sind wir in der Lage, sie davon und von allen anderen zu befreien. Beobachten Sie sorgfältig, aber denken Sie daran — sie ist stark und kräftig und will gesund werden. Damit ist die Sache schon halb gewonnen.«

Als Laurie aufwachte, beschlossen sie, sich das Inventar des Hauses anzusehen. »Dad hat gesagt, wir können alles haben, was wir wollen«, erinnerte Mike sie. »Zwei Tische sind antik, und die Kaminuhr ist ein wahres Prachtstück.« Ein Wandschrank im Flur diente als Speicher. Sie begannen ihn auszuräumen und die Sachen ins Wohnzimmer zu schaffen. Laurie, in Jeans und Pullover, das Haar zum Pferdeschwanz aufgebunden, sah wie achtzehn aus und gewann Spaß an der Durchsicht. »Die hiesigen Maler waren ziemlich lausig«, lachte sie, »aber die Rahmen sind toll. Kannst du sie dir nicht genau bei uns an der Wand vorstellen?«

Im vorigen Jahr hatte Mikes Familie ihnen eine Mansarde in Greenwich Village als Hochzeitsgeschenk gekauft. Bis vor vier Monaten waren sie in ihrer Freizeit ständig auf der Suche nach günstigen Gelegenheiten, grasten Auktionen und Trödler ab. Seit Beginn der Alpträume hatte Laurie das Interesse verloren, die Wohnung weiter einzurichten. Mike drückte die Daumen. Vielleicht war sie wirklich auf dem Weg der Besserung.

Auf dem obersten Fach entdeckte er hinter zusammengerollten Quiltdecken ein Grammophon. »Mein Gott, das hatte ich ja völlig vergessen«, sagte er. »Ein echter Fund. Sieh mal. Hier ist auch noch ein Stapel alter Platten.«

Er merkte nicht, daß Laurie plötzlich verstummte, als er die Staubschicht abwischte und den Deckel öffnete. Auf der Innenseite befand sich das Markenzeichen von Edison, ein Hund, der lauschend vor einem Trichter sitzt, und die Inschrift *His Master's Voice.* »Es ist sogar 'ne Nadel dran«, stellte Mike fest.

Rasch legte er eine Platte auf den Teller, betätigte die Kurbel, drückte den Hebel und beobachtete, wie die Platte sich zu drehen begann. Behutsam setzte er den Tonarm mit der dünnen Nadel in die erste Rille.

Die Platte war zerkratzt. Hohe Männerstimmen sangen, es hörte sich beinahe wie Falsett an. Das Ganze lief viel zu schnell und nicht synchron. »Ich kann den Text nicht verstehen«, sagte Mike. »Kennst du das Stück?«

»Es ist ›Chinatown‹«, erwiderte Laurie. »Hör zu.« Sie begann mitzusingen, übernahm mit ihrem bezaubernden Sopran die Führung. *Das Herz kennt keine andre Welt und findet nirgends Ruh.* Ihre Stimme brach. Keuchend schrie sie: *»Stell das ab, Mike! Stell's sofort ab!«* Sie hielt sich die Ohren zu, sank in die Knie, totenblaß.

Mike riß die Nadel mit einem Ruck von der Platte. »Was ist denn los, Schatz?«

»Ich weiß es nicht. Ich weiß es einfach nicht.«

Bei Tagesanbruch saßen sie in der Küche und tranken Kaffee. »Es fällt mir wieder ein, Mike«, sagte Laurie. »Ich war noch klein. Meine Großmutter hatte auch so ein Grammophon. Und die gleiche Platte. Ich fragte sie, wo denn die Leute sind, die da singen. Ich dachte, sie müßten sich irgendwo im Haus verstecken. Sie nahm mich mit in den Keller und zeigte auf den Verschlag mit den Kohlen. Von dort kämen die Stimmen, sagte sie. Die Leute, die das Lied sangen, wären im Kohlenkeller, das könnte sie mir schwören.«

Mike stellte die Kaffeetasse hin. »Großer Gott!«

»Danach bin ich nie wieder in den Keller runtergegangen. Ich hatte Angst. Dann zogen wir um in eine Wohnung, und sie verschenkte das Grammophon. Deswegen hab' ich das Ganze wohl vergessen.« In Lauries Augen leuchtete Hoffnung auf. »Mike, vielleicht hat diese alte Angst mich aus irgendeinem Grund eingeholt. Zu Ende der Spielzeit war ich so erschöpft. Unmittelbar danach fingen die Alpträume an. Mike, die Platte ist vor 'ner Ewigkeit aufgenommen worden. Die Sänger sind mittlerweile wahrscheinlich alle tot. Und ich habe wahrhaftig gelernt, wie das mit der Tontechnik läuft. Vielleicht kommt doch alles wieder in Ordnung.«

»Darauf kannst du jede Wette eingehen.« Mike stand auf und ergriff ihre Hand. »Bist du bereit, die Probe aufs Exempel zu machen? Unten ist ein Kohlenkeller. Ich möchte gern, daß du mit mir runterkommst und dir den Verschlag ansiehst.«

Lauries Augen blickten angstvoll, dann biß sie sich auf die Lippen. »Laß uns gehen«, sagte sie.

Mike beobachtete Lauries Gesicht, als sie sich im Keller umschaute. Dabei wurde ihm klar, wie verwahrlost er war. Die einsame Glühbirne, die an der Decke baumelte. Die vor Feuchtigkeit glänzenden Hohlziegelwände. Der Zementstaub vom Fußboden, der an ihren Hausschuhen haftenblieb. Die Betonstufen, über die man zu den beiden Metalltüren gelangte, die auf den Hinterhof führten. Der verrostete Riegel, mit dem sie verschlossen waren, sah aus, als wäre er jahrelang nicht mehr zurückgeschoben worden.

Der Verschlag grenzte an den Heizkessel an der Vorderseite des Hauses. Mike spürte, wie sich Lauries Nägel in seine Handfläche gruben, als sie ihn ansteuerten.

»Wir haben praktisch keine Kohlen mehr«, erklärte er. »Ein wahres Glück, daß heute welche geliefert werden sollen. Sag mir, Schatz, was siehst du hier?«

»Einen Verschlag. Bestenfalls ungefähr zehn Schaufeln Kohle. Ein Fenster. Ich erinnere mich, wie sie damals die Rutsche des Lieferwagens durchs Fenster geschoben haben und die Kohlen dann herunterpolterten. Ich hab' immer darüber nachgedacht, ob das den Sängern nicht furchtbar weh tut, wenn alles auf sie herunterprasselt.« Laurie versuchte zu lachen. »Keinerlei Anzeichen, daß hier irgend jemand wohnt. Also auch kein Grund mehr für Alpträume, so Gott will.«

Hand in Hand gingen sie wieder nach oben. Laurie gähnte. »Ich bin so müde, Mike. Und du Ärmster hast meinetwegen seit Monaten keine ruhige Nacht mehr gehabt. Warum legen wir uns nicht einfach wieder zu Bett und verschlafen den Tag. Ich gehe jede Wette ein, daß ich nicht durch einen Traum aufwache.«

Ihr Kopf ruhte auf seiner Brust, seine Arme hielten sie umfangen. »Träum süß, Liebes«, flüsterte er.

»Diesmal bestimmt, das verspreche ich. Ich liebe dich, Mike. Hab' Dank für alles.«

Die geräuschvoll durch die Rutsche in den Keller polternden Kohlen weckten Mike. Er blinzelte. Hinter den Vorhängen strömte Licht herein. Automatisch warf er einen Blick auf die Uhr. Kurz vor drei. Meine Güte, er mußte wirklich übermüdet gewesen sein. Laurie war bereits aufgestanden. Er zog lange Khakihosen an, dazu Turnschuhe, lauschte nach Geräuschen aus dem Badezimmer. Nichts zu hören. Lauries Morgenrock und die Slipper lagen auf dem

Sessel. Sie mußte bereits angezogen sein. Plötzlich von panischer Angst erfaßt, zerrte sich Mike ein Sweatshirt über den Kopf.

Das Wohnzimmer. Das Eßzimmer. Die Küche. Ihre Kaffeetassen standen noch auf dem Tisch, die Stühle zurückgeschoben, wie sie sie hinterlassen hatten. Mike schnürte es die Kehle zu. Das laute Prasseln von Kohle ebbte ab. *Die Kohle.* Vielleicht. Er nahm zwei Stufen auf einmal. Kohlenstaub wogte durch den Keller. Im Verschlag türmten sich blanke schwarze Eierbriketts. Er hörte das Fenster zuschnappen. Er starrte hinunter auf die Fußspuren am Boden. Die Abdrücke von seinen Turnschuhen. Daneben die anderen, die er und Laurie morgens mit ihren Hausschuhen hinterlassen hatten.

Und dann sah er, Schritt für Schritt, den Abdruck von Lauries bloßen Füßen, die Abdrücke dieser hochgewölbten, schlanken, zartknochigen Füße. Bis zum Bretterverschlag. Keinerlei Anzeichen, daß sie zur Treppe zurückgekehrt war.

Es läutete, das schrille, hohe, beharrliche Klingeln, das ihn immer geärgert und seine Großmutter amüsiert hatte. Mike raste die Treppe hinauf. Laurie ... Laß es Laurie sein ...

Der Fahrer des Lieferwagens mit einer Rechnung in der Hand. »Quittieren Sie bitte den Empfang, Sir.«

Die Kohlenlieferung. Mike packte den Mann am Arm. »Haben Sie in den Verschlag geschaut, bevor Sie die Kohlen runterschütteten?«

Blaßblaue Augen in einem freundlichen, vom Wetter gegerbten Gesicht musterten ihn mit offenem, wenn auch etwas verdutztem Blick. »Na klar hab' ich reingeschaut, um mich zu vergewissern, wieviel Sie brauchen. Das bißchen, was noch da war, hätte Ihnen nicht mal für den ganzen Tag gereicht. Der Regen hat ja aufgehört, aber es bleibt weiter ganz schön kalt.«

Mike bemühte sich, ruhig zu klingen. »Hätten Sie's gesehen, wenn jemand in dem Verschlag gewesen wäre? Ich meine, es ist doch ziemlich dunkel im Keller. Hätten Sie's bemerkt, wenn da drin eine schlanke junge Frau vielleicht ohnmächtig geworden wäre?« Er konnte die Gedanken des Mannes lesen. Er hält mich für betrunken oder drogensüchtig. »Verflucht!« schrie Mike. »Meine Frau ist verschwunden. Meine Frau ist spurlos verschwunden!«

Die Suche nach Laurie ging über Tage. Mike beteiligte sich fieberhaft daran. Er durchkämmte jeden Zentimeter der dichtbewaldeten Umgebung des Hauses. Er kauerte zitternd auf Deck, als sie den See absuchten. Er stand mißtrauisch dabei, als die gerade gelieferten Kohlen aus dem Verschlag auf den Kellerboden geschaufelt wurden.

Umringt von Polizisten, deren Namen und Gesichter spurlos an ihm vorüberglitten, sprach er mit Lauries Arzt. Ungläubig, fast tonlos berichtete er ihm von Lauries Angst vor den Stimmen im Kohlenkeller. Als er geendet hatte, unterhielt sich der Polizeichef mit dem Arzt. Er legte auf, packte Mike bei der Schulter. »Wir suchen weiter.«

Vier Tage später fand ein Taucher Lauries Leiche im See. Tod durch Ertrinken. Sie war im Nachthemd. An der Haut und im Haar hingen noch Reste von Kohlenstaub. Der Polizeichef bemühte sich vergebens, die unbegreifliche Tragik dieses Todes zu mildern. »Deshalb endeten die Fußspuren am Verschlag. Sie muß hineingeraten und aus dem Fenster geklettert sein. Es ist ziemlich breit, und sie war schlank. Ich hab' noch mal mit ihrem Arzt gesprochen. Vermutlich hätte sie schon früher Selbstmord begangen, wenn Sie nicht dagewesen wären. Furchtbar, was Menschen ihren Kindern antun. Ihr Arzt sagte, ihre Großmutter hat sie mit blödsinnigen Ammenmärchen von klein auf so traktiert, daß sie vor Angst wie gelähmt war.«

»Sie hat darüber mit mir gesprochen. Sie wollte es schaffen.« Mike hörte sich protestieren, hörte sich die Vorkehrungen für Lauries Einäscherung treffen.

Als er am nächsten Morgen seine Sachen packte, kam die Immobilienmaklerin vorbei, eine praktisch gekleidete weißhaarige Frau mit magerem Gesicht, die das Mitgefühl in ihren Augen auch nicht hinter einem betont energischen Auftreten verstecken konnte. »Wir haben einen Käufer für das Haus«, sagte sie. »Ich werde veranlassen, daß Ihnen alles, was Sie behalten wollen, zugeschickt wird.«

Die Uhr. Die antiken Tische. Die Bilder, über die Laurie gelacht hatte, samt den wunderschönen Rahmen. Mike versuchte sich auszumalen, allein ihre Mansarde in Greenwich Village zu betreten, und konnte es nicht.

»Was ist mit dem Grammophon?« fragte die Maklerin. »Eine echte Rarität.«

Mike hatte es in den Wandschrank zurückgestellt. Jetzt holte er es heraus, hatte Lauries Schrecken wieder vor Augen, hörte sie ›Chinatown‹ intonieren, sich mit den Falsettstimmen auf der alten Platte vereinen. »Ich weiß nicht, ob ich's haben möchte«, erklärte er.

Die Maklerin machte ein mißbilligendes Gesicht. »Das ist ein Objekt für Sammler. Ich muß mich verabschieden. Geben Sie mir deswegen Bescheid.«

Mike blickte ihrem Wagen nach, bis er in der kurvenreichen Zufahrt verschwand. *Laurie, ich brauche dich.* Er öffnete den Deckel des Grammophons, wie er es vor fünf Tagen gemacht hatte, vor einer Ewigkeit. Er betätigte die Kurbel, suchte die Platte mit ›Chinatown‹, legte sie auf, drückte die Abspieltaste. Er beobachtete, wie der Plattenteller sich zu drehen begann, löste den Tonarm und setzte die Nadel in der Einlaufrille auf.

›Chinatown, my Chinatown ...‹

Mike fühlte, wie sein Körper erkaltete. *Nein! Nein!* Atemlos, wie gelähmt starrte er auf die rotierende Platte.

»... Das Herz kennt keine andre Welt und findet nirgends Ruh ...«

Über den kratzigen Falsettstimmen der längst vergessenen Sänger erhob sich Lauries strahlender Sopran, erfüllte den Raum mit seiner herzzerreißenden, wehmütigen Schönheit.

Da haben wir die Bescherung

Die Menschen träumen nur allzuoft von weißen Weihnachten, aber es ist anzunehmen, daß sich die meisten genauso gern mit grünen Weihnachten zufrieden gäben. Wer hat noch nie davon geträumt, daß er den Haupttreffer in der Lotterie macht? Und wer, wenn nicht die gütige, großzügige Bestseller-Autorin Mary Higgins Clark, hätte je daran gedacht, den Traum eines glücklichen Spielers wahr werden zu lassen? Aber einen Lotteriegewinn zu kassieren ist genauso, als wünsche man sich von einem Kobold Gold — man darf sich keinen einzigen Augenblick lang ablenken lassen, sonst könnte es geschehen, daß sich das weihnachtliche Grün in Giftsumach verwandelt.*

Dies alles wäre nie geschehen, wenn Wilma Bean nicht ihre Schwester Dorothy in Philadelphia besucht hätte. Dann hätte Ernie gewußt, daß Wilma die Ziehung im Fernsehen verfolgen würde, wäre um Mitternacht von seiner Arbeit als Wachmann im Kaufen-Sie-Hier-Einkaufszentrum in Paramus nach Hause gerast, und sie hätten zusammen gefeiert. *Zwei Millionen Dollar!* Das war ihr Gewinn in der Weihnachts-Sonderlotterie.

Weil Wilma jedoch ihrer Schwester Dorothy in Philadelphia einen vorweihnachtlichen Besuch ab-

* Eine Pflanze, deren Berührung einen brennenden, hartnäckigen Ausschlag verursacht.

stattete, kehrte Ernie im Glückskleeblatt-Wasserloch auf einen oder zwei Drinks ein und beschloß dann den Abend in der sechs Häuserblocks von seiner Wohnung entfernten Harmonie-Bar. Dort nickte er Lou, dem Besitzer und Barmann, glücklich zu, schlang seine dicken, sechzig Jahre alten Beine um den Fuß des Barhockers und dachte verträumt darüber nach, wie Wilma und er den plötzlichen Geldsegen ausgeben würden.

Genau in diesem Augenblick erblickten Ernies blaßblaue Augen Loretta Thistlebottom, die auf einem Barhocker in der Ecke an der Wand lehnte und sich mit einer Hand an einem Bierkrug und mit der anderen an einer Marlboro festhielt. Loretta war eine sehr attraktive Frau. Heute abend fielen ihre glänzenden blonden Haare in einer Innenrolle auf ihre Schultern herab, der rosa Lippenstift bildete die passende Ergänzung zu ihren großen, violett umrahmten Augen, und ihr üppiger Busen hob und senkte sich aufreizend gleichmäßig.

Ernie beobachtete Loretta mit beinahe unpersönlicher Bewunderung. Es war allgemein bekannt, daß Lorettas Mann, Jimbo Potters, ein vierschrötiger Lastwagenfahrer, sehr stolz darauf war, daß Loretta in ihrer Jugend als Tänzerin gearbeitet hatte; außerdem war er extrem eifersüchtig. Es hieß, daß er Loretta nicht nur einmal verprügelt habe, wenn sie zu anderen Männern zu freundlich war.

Doch da Lou, der Barmann, Jimbos Vetter war, hatte dieser nichts dagegen, wenn Loretta in den Nächten, in denen er mit einem Ferntransport unterwegs war, in der Bar saß. Das Lokal war schließlich ein beliebter Treffpunkt. Eine Menge Ehefrauen kamen mit ihren Freundinnen hierher, und Loretta meinte: »Jimbo kann nicht erwarten, daß ich allein in die Röhre gucke oder auf Tupperware-Partys gehe, wenn er Knoblauchknollen oder Bananen spazierenfährt. Da ich aus einer berühmten Künstlerfamilie stamme, brauche ich Menschen um mich.«

Lorettas bevorzugtes Gesprächsthema war ihre Karriere im Showgeschäft; sie wurde im Lauf der Jahre immer großartiger. Das war auch der Grund, warum Loretta — obwohl sie Mrs. Jimbo Potters hieß — stets ihren Künstlernamen Thistlebottom verwendete, wenn sie von sich sprach.

In dem spärlichen Licht, daß die Kugellampe — eine Tiffany-Imitation — auf die verschrammte Theke warf, bewunderte der schweigsame Ernie Loretta wortlos. Sie mußte bereits Mitte Fünfzig sein, hatte aber noch immer eine sehr, sehr gute Figur. Trotzdem beschäftigte er sich nicht weiter mit ihr. Das Lotterie-Gewinnlos, das er mit einer Sicherheitsnadel an seinem Unterhemd befestigt hatte, erwärmte seine Herzgegend. Es war, als glühe dort ein Feuer. Zwei Millionen Dollar! Das waren mit Zinsen zwanzig Jahre lang hunderttausend Dollar jährlich. Und soviel würden sie bis weit in das einundzwanzigste Jahrhundert beziehen. Vielleicht wären sie dann sogar in der Lage, mit dem Reisebüro Cook auf den Mond zu fliegen.

Ernie versuchte, sich Wilmas Gesichtsausdruck vorzustellen, wenn sie von dem Gewinn erfuhr. Wilmas Schwester Dorothy besaß keinen Fernsehapparat und hörte nur selten Radio, deshalb wußte Wilma in Philadelphia noch nicht, daß sie reich war. In dem Augenblick, in dem Ernie die gute Nachricht in seinem Kofferradio gehört hatte, war er eine Sekunde lang in Versuchung gewesen, zum Telefon zu stürzen und Wilma anzurufen, hatte aber sofort erkannt, daß es so keinen Spaß machen würde. Erst als er daran dachte, daß Wilma am nächsten Tag nach Hause kommen würde, lächelte er glücklich, so daß sein rundes Gesicht wie ein fröhlicher Pfannkuchen aussah. Er würde sie am Bahnhof in Newark abholen. Sie würde ihn fragen, wie nahe sie an einen Gewinn herangekommen wären. »Haben wir zwei von den Zahlen richtig? Oder drei?« Er würde behaupten, daß sie nicht einmal eine Zahl richtig hatten. Wenn sie dann nach Hause kamen, würde ihre Stumpfhose auf dem Kaminsims hängen, wie damals, als sie jung verheiratet waren. Früher hatte Wilma Strümpfe und Strumpfbänder getragen. Jetzt trug sie Strumpfhosen in Übergröße, mußte sich also bis zur Zehenspitze durcharbeiten, um das Los herauszuholen. »Such nur«, wollte er sagen, »du wirst überrascht sein.« Er konnte sich genau vorstellen, wie sie ihn jubelnd umarmen würde.

Als er Wilma vor vierzig Jahren geheiratet hatte, war sie ein verdammt niedliches junges Mädchen gewesen. Doch war ihr Gesicht noch immer hübsch, und ihr weiches, weißblondes Haar war naturgewellt. Sie war kein Revuegirl wie Loretta, aber er mochte sie, wie sie war. Manchmal war sie schlecht gelaunt, weil er gelegentlich mit den Jungs einen hob, aber für gewöhnlich war Wilma ein prima Kerl. Was das für ein Weihnachten dieses Jahr werden würde! Vielleicht würde er mit ihr zu Fred, dem Pelzhändler gehen und ihr einen Lammfellmantel oder sowas kaufen.

Ernie bestellte seinen vierten Seven and Seven, während er darüber nachdachte, was für ein Vergnügen es sein würde, seine Großzügigkeit zur Schau zu stellen. Doch seine Aufmerksamkeit wurde abgelenkt, weil Loretta Thistlebottom mit einem eigentümlichen Ritual beschäftigt war. Alle paar Minuten legte sie die Zigarette in ihrer rechten Hand in den Aschenbecher, stellte den Bierkrug in ihrer linken Hand auf die Theke und kratzte die Handfläche, die Finger und den Rücken der rechten Hand kräftig mit den langen, spitzen Fingernägeln der Linken. Ernie bemerkte, daß die rechte Hand entzündet, hochrot und mit kleinen, gemein aussehenden Blasen bedeckt war.

Es wurde spät, und die Gäste brachen allmählich auf. Das Paar, das neben Ernie im rechten Winkel zu Loretta gesessen hatte, machte sich ebenfalls auf den Weg. Loretta sah, daß Ernie sie beobachtete und zuckte mit den Schultern. »Giftsumach«, erklärte sie. »Würdest du glauben, daß es im Dezember Giftsumach gibt? Jimbos idiotische Schwester findet, daß sie gärtnerische Begabung besitzt, und hat ihren armen Trottel von Ehemann dazu gebracht, neben ihrer Küche ein Treibhaus aufzustellen. Und was wächst in ihm? Unkraut und Giftsumach. Das ist eine Meisterleistung.« Loretta hob noch einmal die Schultern und holte sich ihr Bier und ihre Zigarette wieder. »Wie geht es eigentlich dir, Ernie? Gibt es etwas Neues?«

Ernie war vorsichtig. »Nicht viel.«

Loretta seufzte. »Bei mir auch nicht. Immer das gleiche alte Lied. Jimbo und ich sparen, damit wir nächstes Jahr, wenn er in Pension geht, von hier fortziehen können. Alle behaupten, daß in Fort Lauderdale wirklich was los ist. Jimbo bekommt von den Jahren, in den er den Sattelschlepper gefahren hat, Hämorrhoiden. Ich rechne ihm immer wieder vor, wie viel ich als Aushilfskellnerin verdienen könnte, aber er will nicht, daß jemand mit mir flirtet.« Loretta rieb ihre Hand an der Theke und schüttelte den Kopf. »Kannst du dir vorstellen, daß Jimbo nach fünfundzwanzig Ehejahren noch immer glaubt, daß jeder Mann auf der Welt auf mich scharf ist? Natürlich schmeichelt es mir, aber es kann einen auch ganz schön nerven.« Sie seufzte tief. »Jimbo ist der leidenschaftlichste Mann, den ich je gekannt habe, und das will was heißen. Aber wie meine Mutter immer gesagt hat, ist eine gute Nummer im Bett noch besser, wenn zwischen Federn und Matratze eine volle Brieftasche liegt.«

»Das hat deine Mutter gesagt?« Diese Lebensweisheit stimmte Ernie nachdenklich. Er nahm seinen vierten Seagrams mit Seven-Up in Angriff.

Loretta nickte. »Sie war immer gut gelaunt, aber sie nahm sich auch kein Blatt vor den Mund. Hol's der Teufel. Vielleicht gewinne ich eines Tages in der Lotterie.«

Die Versuchung war zu groß. Ernie glitt so rasch, wie es seinem dicken Körper möglich war, über die beiden freien Barhocker. »Zu schade, daß du nicht mein Glück hast«, flüsterte er.

Während Lou, der Barmann, »Letzte Bestellung, Leute!« brüllte, klopfte sich Ernie genau über seinem Herzen auf die massive Brust.

»Wie man so sagt, Loretta, sind manche auserwählt. Bei der Weihnachts-Sonderziehung gab es sechzehn Gewinnlose. Eines von ihnen ist mit einer Sicherheitsnadel an meiner Unterwäsche befestigt.« Ernie fiel auf, daß seine Zunge sich schwer anfühlte. Seine Stimme sank zu einem verstohlenen Flüstern herab. »*Zwei Millionen Dollar.* Was sagst du dazu?«

Loretta ließ ihre Zigarette fallen und auf der Kummer gewohnten Theke unbeachtet weiterglimmen. »*Du machst Witze!*«

»Mach ich nicht!« Jetzt strengte ihn das Sprechen wirklich an. »Wilma und ich setzen immer die gleiche Zahl, 1-9-4-7-5-2. 1947, weil es das Jahr war, in dem ich von der High School abging. Zweiundfünfzig, das Jahr, in dem Wee Willie (Wee = winzig) zur Welt kam.« Sein triumphierendes Lächeln ließ keinen Zweifel daran aufkommen, daß er die Wahrheit sagte. »Das Verrückte daran ist, daß Wilma es noch gar nicht weiß. Sie ist bei ihrer Schwester Dorothy auf Besuch und kommt erst morgen zurück.« Ernie suchte seine Brieftasche und verlangte gleichzeitig die Rechnung. Als er schwankte, weil der Fußboden plötzlich schief schien, kam Lou hinter der Theke hervor und beobachtete ihn. »Du wartest hier, Ernie«, befahl er. »Du bist blau. Sobald ich dichtgemacht habe, fahre ich dich nach Hause. Du mußt deinen Wagen stehenlassen.«

Ernie machte sich beleidigt auf den Weg zur Tür. Lou deutete doch tatsächlich an, daß er betrunken war. Der Kerl hatte Nerven. Ernie öffnete die Tür zur Damentoilette und bemerkte seinen Irrtum erst, als er sich in der Kabine befand.

Loretta glitt vom Barhocker und sagte schnell: »Ich setze ihn ab, Lou. Er wohnt nur zwei Häuserblocks von mir entfernt.«

Lou runzelte die Stirn. »Jimbo wird nicht damit einverstanden sein.«

»Dann erzähl es ihm nicht.« Sie sahen zu, wie Ernie unsicher aus der Damentoilette herausschwankte. »Glaubst du wirklich, daß er einen Annäherungsversuch unternehmen wird?« fragte sie verächtlich.

Lou gelangte zu einem Entschluß. »Du tust mir damit einen Gefallen. *Aber erzähl es Jimbo nicht.*«

Loretta stieß ihr widerliches Ha-ha-Gebrüll aus. »Glaubst du, daß ich meine neuen Jackettkronen riskiere? Ich muß sie noch ein Jahr lang abstottern.«

Ernie vernahm undeutlich irgendwo hinter sich Stimmen und Gelächter. Er fühlte sich plötzlich elend. Das bunte Muster des verfliesten Bodens begann zu tanzen, so daß sich wirbelnde Punkte vor seinen Augen drehten und ihm übel wurde. Jemand packte seinen Arm. »Ich werde dich absetzen, Ernie.« Durch das Dröhnen in seinen Ohren erkannte er Lorettas Stimme.

»Verdammt nett von dir, Loretta«, murmelte er. »Wahrscheinlich habe ich zu ausgiebig gefeiert.« Ihm wurde undeutlich bewußt, daß Lou etwas von einem Weihnachtsdrink auf Kosten des Hauses sagte, nachdem er seinen Wagen geholt hatte.

In Lorettas altem Bonneville Pontiac lehnte er den Kopf an die Rücklehne und schloß die Augen. Erst als Loretta ihn wachrüttelte merkte er, daß sie seine Auffahrt erreicht hatten. »Gib mir deinen Schlüssel, Ernie. Ich helfe dir ins Haus.«

Sie legte sich seinen Arm über die Schultern und stützte ihn den Weg entlang. Ernie hörte, wie der Schlüssel im Schloß gedreht wurde und fühlte, wie sich seine Füße durch das Wohnzimmer und den kurzen Korridor bewegten.

»Welches?«

»Welches?« Ernie konnte seine Zunge nicht dazu bringen, sich zu bewegen.

»Welches Schlafzimmer?« wiederholte Loretta gereizt. »Komm schon, Ernie, du bist keine Feder. Ach, vergiß es. Es muß das andere sein. Dieses hier ist mit den Vogelstatuen vollgestopft, die deine Tochter produziert. Du könntest sie nicht einmal als Preis in einer Klapsmühle verschenken, Mann. *So* verrückt ist kein Mensch.«

Ernie nahm es Loretta instinktiv übel, daß sie seine Tochter Wilma Jr., Wee Willie, wie er sie nannte, heruntermachte. Sie würde einmal eine berühmte Bildhauerin sein. Seit sie 1968 das Studium abgebrochen hatte, wohnte sie in New Mexiko und verdiente ihren Lebensunterhalt, indem sie abends als Kellnerin bei McDonald's arbeitete. Tagsüber fertigte sie Tonwaren an und meißelte Vögel.

Ernie spürte, daß man ihn umdrehte und ihm einen Schubs versetzte. Seine Knie gaben nach, und er hörte das vertraute Quietschen der Bettfedern. Dankbar seufzend streckte er sich aus und war hinüber.

Wilma Bean und ihre Schwester Dorothy hatten einen angenehmen Tag verbracht. Wilma war achtundfünfzig und von Zeit zu Zeit gern mit der dreiundsechzigjährigen Dorothy zusammen. Die Schwierigkeit bestand darin, daß Dorothy sehr überheblich war und ständig an Ernie und Wee Willie etwas auszusetzen hatte, und das vertrug Wilma auf die Dauer nicht. Aber Dorothy tat ihr leid. Ihr Mann hatte sie vor zehn Jahren verlassen und lebte jetzt mit seiner zweiten Frau, einer Karate-Lehrerin, in Saus und Braus. Mit ihrer Schwiegertochter vertrug Dorothy sich nicht. Dorothy arbeitete noch immer stundenweise in einem Versicherungsbüro als Schadenssachverständige. Sie erzählte Wilma oft: »Gefälschte Schadensansprüche haben bei mir keine Chance.«

Nur wenige Menschen glaubten, daß sie Schwestern waren. Dorothy sah, wie Ernie es ausdrückte, wie eine Eins aus — gerade hinauf und gerade herunter; sie hatte schütteres graues Haar, das sie im Nacken zu einem strengen Knoten aufgesteckt trug. Tatsächlich war Dorothy immer noch neidisch, weil Wilma die Hübschere gewesen war; auch jetzt war sie zwar rundlich, hatte aber keine Falten und hatte sich auch sonst kaum verändert. Abgesehen davon fand Wilma, daß Blut dicker ist als Wasser und daß einmal in vier Monaten ein Wochenende in Philadelphia, vor allem zur Weihnachtszeit, noch immer Vergnügen bereitete.

Am Nachmittag des Tages, an dem die Lotterie-Ziehung stattfand, holte Dorothy ihre Schwester Wilma vom Bahnhof ab. Sie aßen beim Burger King einen späten Lunch und fuhren dann durch die Gegend, in der Grace Kelly aufgewachsen war. Beide waren sie begeisterte Fans von ihr gewesen. Nachdem sie sich darauf geeinigt hatten, daß Prinz Albert heiraten sollte, daß Prinzessin Caroline ruhiger geworden war und sich benahm, wie es sich gehörte, und daß Prinzessin Stephanie in ein Kloster gesperrt werden sollte, bis sie vernünftig würde, gingen sie ins Kino und anschließend in Dorothys Wohnung.

Dort erwartete sie ein gebratenes Huhn; sie tratschten beim Essen und dann bis spät in die Nacht hinein.

Dorothy beschwerte sich bei Wilma darüber, daß ihre Schwiegertochter keine Ahnung habe, wie man ein Kind erzieht, und zu eigensinnig wäre, um nützliche Ratschläge zu befolgen.

»Du hast wenigstens Enkel«, seufzte Wilma. »Bei Wee Willie läuten noch lange keine Hochzeitsglokken. Sie will unbedingt als Bildhauerin Karriere machen.«

»Ausgerechnet als Bildhauerin?« fuhr Dorothy sie an.

»Wenn wir uns nur einen guten Lehrer leisten könnten«, seufzte Wilma und versuchte, den Seitenhieb zu überhören.

»Ernie sollte Willie nicht auch noch ermutigen«, meinte Dorothy schonungslos. »Sag ihm, er soll kein solches Theater um das Zeug machen, das sie nach Hause schickt. Bei euch sieht es aus wie in einem von einem Irren entworfenen Vogelhaus. Wie geht es Ernie? Du hältst ihn hoffentlich von Bars fern. Hör auf mich: Er hat die Anlagen zum Alkoholiker. All diese geplatzten Äderchen auf seiner Nase.«

Wilma dachte an die übergroßen Weihnachtspakete von Wee Willie, die vor einigen Tagen eingetroffen waren. *Erst zu Weihnachten öffnen,* stand auf ihnen, und im Begleitbrief hatte sie geschrieben: »Warte, bist du sie siehst, Mutter. Ich bin jetzt bei Pfauen und Pagageien.« Wilma dachte auch an die kürzliche Weihnachtsfeier im Kaufen-Sie-Hier-Einkaufszentrum, bei der Ernie zuviel getrunken und eine Kellnerin in die Kehrseite gezwickt hatte.

Obwohl Dorothy damit recht hatte, daß Ernie dem Alkohol nicht widerstehen konnte, ärgerte sich Wilma darüber, daß sie ihr die Wahrheit so schonungslos unter die Nase rieb. »Ernie wird vielleicht unvernünftig, wenn er ein oder zwei Gläschen zuviel getrunken hat, aber in bezug auf Wee Willie irrst du dich. Sie hat wirklich Talent, und wenn ich zu Geld komme, werde ich ihr helfen, das zu beweisen.«

Dorothy schenkte sich noch eine Tasse Tee ein. »Du vergeudest offenbar immer noch dein Geld für Lotterielose.«

»Klar«, antwortete Wilma fröhlich; sie mußte sich bemühen, ihre gute Laune zu retten. »Heute abend ist die Weihnachtsziehung. Wenn ich zu Hause wäre, würde ich vor dem Apparat sitzen und beten.«

»Die Zahlenkombination, die du ständig spielst, ist lächerlich. 1-9-4-7-5-2. Ich kann verstehen, daß eine Frau das Jahr wählt, im dem ihr Kind zur Welt kam, aber das Jahr, in dem Ernie von der High School abging? Das ist kindisch.«

Wilma hatte Dorothy nie erzählt, daß Ernie sechs Jahre gebraucht hatte, um sich durch die High School zu kämpfen, und daß seine Familie nach dem Examen den ganzen Block zur Feier eingeladen hatte. »Die schönste Party, auf der ich jemals war«, erzählte er Wilma immer wieder und strahlte noch bei der Erinnerung. »Sogar der Bürgermeister ist gekommen.«

Außerdem mochte Wilma diese Zahlenkombination. Sie war davon überzeugt, daß sie und Ernie eines Tages mit ihr viel Geld gewinnen würden. Nachdem sie Dorothy gute Nacht gesagt und vor Anstrengung keuchend die Couch zurechtgemacht hatte, auf der sie bei ihren Besuch schlief, dachte sie darüber nach, daß Dorothy von Mal zu Mal bissiger wurde. Sie redete ihrem Gesprächspartner ein Loch in den Bauch, und es war kein Wunder, daß ihre Schwiegertochter sie als ›unerträgliche Nervensäge‹ bezeichnete.

Am nächsten Tag stieg Wilma zu Mittag in Newark aus dem Zug. Ernie sollte sie abholen. Als sie zu ihrem Treffpunkt beim Haupteingang der Station kam, erblickte sie zu ihrem Schrecken aber statt Ernie ihren Nachbarn Ben Gump.

Sie lief auf ihn zu; ihr üppiger Körper war vor Spannung verkrampft. »Ist etwas geschehen? Wo ist Ernie?«

Bens hageres Gesicht verzog sich zu einem Lächeln. »Nein, es ist alles in Ordnung, Wilma. Ernie ist mit einem Anflug von Grippe oder etwas Ähnlichem aufgewacht und hat mich gebeten, dich abzuholen. Ich habe ja nichts zu tun und kann den ganzen Tag lang zusehen, wie das Gras wächst.« Er lachte herzlich über diesen Witz, der seit seiner Pensionierung sein Markenzeichen war.

»Grippe«, spottete Wilma. »Ich fresse sofort einen Besen ...«

Ernie war ein ruhiger Mann, und Wilma hatte sich auf die friedliche Heimfahrt gefreut. Beim Frühstück hatte Dorothy, die ihre Zuhörerin verlor, nonstop gesprochen, ein Wasserfall von bissigen Bemerkungen, und Wilma hatte Kopfschmerzen bekommen.

Um sich durch Bens Schneckentempo und seine langatmigen Geschichten nicht aus der Ruhe bringen zu lassen, konzentrierte sie sich auf den angenehm aufregenden Augenblick, wenn sie sofort nach ihrer Ankunft die Lotterieergebnisse in der Zeitung aufschlagen würde. 1-9-4-7-5-2, 1-9-4-7-5-2, summte sie vor sich hin. Natürlich war das dumm, die Ziehung war ja vorbei — aber sie hatte trotzdem ein gutes Gefühl. Ernie hätte sie bestimmt angerufen, wenn sie gewonnen hätten, aber selbst wenn sie nur in die Nähe gekommen waren, vielleicht drei oder vier der sechs Zahlen erraten hatten, wußte sie, daß sie von nun an Glück haben würden.

Sie stellte fest, daß der Wagen nicht in der Auffahrt stand und erriet den Grund. Wahrscheinlich parkte er vor der Harmonie-Bar. Sie schaffte es, Ben Gump an der Tür abzuschütteln, indem sie ihm überschwenglich dafür dankte, daß er sie abgeholt hatte, aber die deutlichen Hinweise auf eine Tasse heißen, starken Kaffee überhörte. Dann ging sie direkt ins Schlafzimmer. Wie sie erwartet hatte, lag Ernie im Bett. Er hatte sich die Decke bis zur Nasenspitze hinaufgezogen, doch ein einziger Blick genügte ihr, um festzustellen, daß er einen ausgewachsenen Kater hatte. »Wenn die Katze aus dem Haus ist, tanzen die Mäuse auf dem Tisch«, seufzte sie. »Hoffentlich fühlt sich dein Kopf wie ein Fesselballon an.«

In ihrem Ärger stieß sie gegen den einen Meter großen Pelikan, den Wee Willie zum Erntedankfest geschickt hatte und der auf einem Tisch neben der Schlafzimmertür stand. Bei seinem Sturz riß er eine Tonvase mit, ein Frühwerk von Wee Willie, und dazu das Christfestarrangement aus Weihnachtssternen und blühenden Blumen, das Wilma kunstvoll gebastelt hatte.

Als Wilma die Scherben der Vase zusammengefegt, das Arrangement wiederhergestellt und den

Pelikan, dem jetzt ein Stück eines Flügels fehlte, auf den Tisch zurückgestellt hatte, war sie mit ihrer Geduld am Ende. Aber der Gedanke an den magischen Augenblick, in dem sie nachsah und feststellte, wie nahe sie dem Gewinn gekommen waren — vielleicht waren sie diesmal sogar sehr nahe drangewesen —, brachte ihre übliche gute Laune zurück. Sie machte sich eine Tasse Kaffee und Zimttoast zurecht, setzte sich an den Küchentisch und schlug die Zeitung auf.

Sechzehn glückliche Gewinner teilen sich den Zweiunddreißig-Millionen-Dollar-Preis, lautete die Schlagzeile.

Sechzehn glückliche Gewinner. Wenn sie nur einer von ihnen wäre! Wilma legte die Hand über die Zahlenreihe. Sie wollte eine Zahl nach der anderen aufdecken — das erhöhte die Spannung.

1-9-4-7-5

Wilma holte tief Luft. Ihr Kopf hämmerte. Die Spannung war beinahe unerträglich, als sie die Hand wegzog.

Bei ihrem Aufschrei und dem Geräusch des umfallenden Küchenstuhls setzte sich Ernie kerzengerade im Bett auf. Das Jüngste Gericht stand bevor.

Wilma stürzte mit strahlendem Gesicht herein. »Warum hast du es mir nicht erzählt, Ernie? *Gib mir das Los!*«

Ernies Kopf sank herab. Seine Stimme war ein heiseres Flüstern. »Ich habe es verloren.«

Loretta hatte gewußt, daß es unvermeidlich war. Trotzdem rief der Anblick von Wilma Bean, die mit dem verlegenen, niedergeschlagenen Ernie im Schlepptau den schneebestäubten Betonweg heraufkam, bei ihr einen Augenblick lang Panik hervor. »Vergiß es«, sagte sie sich. »Sie haben keinerlei Beweise. Ich habe meine Spur vollkommen verwischt«, redete sie sich noch einmal ein, während Wilma und Ernie zwischen den beiden immergrünen Büschen, die Loretta mit Dutzenden von Weihnachtskerzen geschmückt hatte, die Stufen zu der Veranda hinaufstiegen. Loretta hatte sich ihre Geschichte genau zurechtgelegt. Sie hatte Ernie bis zu seiner Haustür begleitet. Jeder, der wußte, wie eifersüchtig Big Jimbo war, würde verstehen, daß Loretta die Schwelle zum Heim eines anderen Mannes nur dann überschritt, wenn seine Frau zu Hause war.

Wenn Wilma sich nach dem Los erkundigte, würde Loretta fragen: »Was für ein Los?« Ernie hatte ihr gegenüber *nichts* von einem Los erwähnt. Er war in seinem Zustand gar nicht fähig gewesen, vernünftig zu sprechen. Frag Lou. Ernie war nach ein paar Drinks blau gewesen. Wahrscheinlich war er schon vorher irgendwo eingekehrt.

Hatte Loretta ein Los für die Weihnachts-Sonderziehung gekauft? Natürlich hatte sie etliche Lose gekauft. Willst du sie sehen? Immer, wenn sie daran dachte, nahm sie ein paar Lose mit. Nie im gleichen Geschäft. Im Spirituosenladen, im Papiergeschäft — wie es der Zufall wollte. Und immer nahm sie die Zahlen, die ihr auf Anhieb einfielen.

Loretta kratzte heftig ihre rechte Hand. Der verdammte Giftsumach. Sie hatte das Gewinnlos 1-9-4-7-5-2 sicher in der Zuckerschale ihres besten Services versteckt. Man hatte ein Jahr Zeit, um seinen Gewinn anzufordern. Knapp bevor das Jahr zu Ende war, würde sie ›zufällig‹ darüber stolpern. Mochten Wilma und Ernie doch heulen, daß es das ihre war.

Es klingelte. Loretta fuhr sich über das leuchtende Goldhaar, das sie zu einer Windstoßfrisur aufgetürmt hatte, schob die Achselpolster ihres flitterbesetzten Pullovers zurecht und lief in den winzigen Vorraum. Als sie die Tür öffnete, setzte sie ein strahlendes Lächeln auf, achtete aber gleichzeitig darauf, nicht zu sehr zu lächeln. Ihr Gesicht war eine ihrer ständigen Sorgen, weil das Gesicht ihrer Mutter im Alter von sechzig Jahren wie zerknittertes Seidenpapier ausgesehen hatte. »Was für eine reizende Überraschung — Wilma, Ernie«, sprudelte sie hervor. »Kommt herein, kommt doch herein.«

Sie übersah großzügig, daß weder Wilma noch Ernie ihr antworteten, daß keiner sich die Mühe machte, sich auf der eigens zu diesem Zweck im Vorzimmer liegenden Fußmatte den Schnee von den Schuhen abzustreifen, daß sie die Begrüßung weder lächelnd noch herzlich erwiderten.

Wilma lehnte es ab, sich zu setzen, eine Tasse Tee oder eine Bloody Mary zu trinken. Sie sagte klar und deutlich, weshalb sie gekommen waren. Ernie hatte ein Zwei-Millionen-Lotterielos besessen. Er hatte Loretta in der Harmonie-Bar davon erzählt. Loretta hatte ihn von der Harmonie nach Hause gefahren und in sein Zimmer gebracht. Ernie war umgekippt — und das Los war weg.

Bevor Loretta hauptberuflich Revuegirl wurde, hatte sie 1945 in der Sonny Tufts-Schule für Thespisjünger Theaterspielen gelernt. Sie stützte sich auf diese lang zurückliegende Erfahrung, während sie Wilma und Ernie ihre gut einstudierte Szene ehrlich und ernsthaft vorspielte. Ernie hatte ihre nie auch nur ein Wort von einem Gewinnlos gesagt. Sie hatte ihn nur deshalb nach Hause gefahren, weil sie ihm und Lou einen Gefallen erweisen wollte. Lou wollte noch zusperren, und er war außerdem ein solcher Zwerg, daß er mit Ernie nicht um die Wagenschlüssel kämpfen konnte. »Du hast dich wenigstens bereit erklärt, mich fahren zu lassen«, erklärte sie Ernie entrüstet. »Indem ich dich in meinem Wagen schnarchen ließ, habe ich mein Leben aufs Spiel gesetzt.« Sie wandte sich an Wilma, um von Frau zu Frau mit ihr zu sprechen: »Du weißt doch, wie eifersüchtig Jimbo, dieser dumme Kerl, auf mich ist. Als wäre ich noch sechzehn. Ich würde auf keinen Fall dein Haus betreten, Wilma, wenn du nicht da bist. In der Harmonie warst du wirklich schnell hinüber, Ernie. Frag doch Lou. Bist du zuerst in einem anderen Lokal eingekehrt und hast dort vielleicht jemandem von dem Los erzählt?«

Als Loretta den Zweifel und die Verwirrung auf den Gesichtern der beiden sah, beglückwünschte sie sich. Einige Minuten später gingen sie. »Hoffentlich findet ihr es. Ich werde darum beten«, versprach sie fromm. Sie wollte ihnen nicht die Hand geben und erzählte Wilma vom Treibhaus ihrer dummen Schwägerin und ihrer Giftsumach-Zucht. »Kommt auf einen Weihnachtsdrink zu uns«, drängte sie. »Jimbo wird am Heiligen Abend gegen vier Uhr nach Hause kommen.«

Als sie zu Hause niedergeschlagen bei einer Tasse Tee saßen, erklärte Wilma: »Sie lügt. Ich weiß, daß sie lügt, aber wer kann es beweisen? Fünfzehn Gewinner haben sich bereits gemeldet. Einer fehlt und hat ein Jahr Zeit, den Gewinn zu beanspruchen.« Sie merkte gar nicht, daß ihr Tränen der Enttäuschung über die Wangen liefen. »Sie erzählt jedem, der es hören will, daß sie ihre Lose in den verschiedensten Geschäften kauft. Das wird sie auch während der nächsten einundfünfzig Wochen tun, und dann wird sie das Los finden, das sie vollkommen vergessen hatte.«

Ernie beobachtete seine Frau verzweifelt und stumm. Es kam nicht häufig vor, daß Wilma weinte. Als ihr Gesicht fleckig wurde und ihre Nase anfing zu laufen, hielt er ihr sein rotes, großes Taschentuch hin. Seine plötzliche Bewegung brachte einen Keramik-Kolibri aus dem Gleichgewicht, der von der Anrichte hinter Ernie auf den Boden fiel. Der Schnabel des Kolibris zersplitterte auf den Fliesen aus Marmorimitation in der Frühstücksnische der Küche, und Wilma begann wieder zu jammern.

»Ich hatte gehofft, daß Wee Willie in der Lage sein würde, den Posten bei McDonald's aufzugeben, zu studieren und nur noch Vögel herzustellen«, schluchzte sie. »Und jetzt ist dieser Traum geplatzt.«

Um ganz sicher zu sein, ging sie zum Glücksklee-blatt in der Nähe des Kaufen-Sie-Hier-Einkaufszentrums in Paramus: Der Barmann bestätigte, daß Ernie am vergangenen Abend gegen Mitternacht dort gewesen war, zwei oder drei Drinks konsumiert, aber mit niemandem gesprochen hatte. »Er hat nur dagesessen und gegrinst wie ein Kater, der den Kanarienvogel gefressen hat.«

Nach dem Abendessen, das keiner von ihnen anrührte, untersuchte Wilma sorgfältig Ernies Unterhemd, an dem noch die Sicherheitsnadel hing. »Sie hat sich nicht einmal die Mühe gemacht, die Nadel herauszuziehen«, stellte sie erbittert fest. »Sie hat einfach hineingegriffen und es losgerissen.«

»Können wir sie vielleicht verklagen?« schlug Ernie vorsichtig vor. Ihm wurde immer klarer, wie ungeheuer dumm er gewesen war. Er hatte sich betrunken, hatte Loretta sein Herz ausgeschüttet.

Wilma war zu müde, um zu antworten. Sie öffnete den Koffer, den sie noch nicht ausgepackt hatte, und nahm ihr Flanellnachthemd heraus. »Natürlich können wir sie verklagen«, meinte sie sarkastisch, »dafür, daß sie zu schnell denkt, wenn sie es mit einem Blödmann zu tun hat. Jetzt schalte das Licht ab, geh zu Bett und höre auf, dich zu kratzen. Du machst mich wahnsinnig.«

Ernie rieb sich ungefähr dort die Brust, wo sich das Herz befindet. »Etwas juckt«, jammerte er.

Als Wilma die Augen schloß, klingelte es irgendwo in ihrem Hinterkopf. Sie war so erschöpft, daß sie beinahe sofort einschlief, aber in ihren Träumen schwebten Lotterielose wie Schneeflocken durch die Luft. Von Zeit zu Zeit rissen sie Ernies ruhelose Bewegungen aus dem Schlaf. Normalerweise rührte er sich genauso wenig wie ein Bär während des Winterschlafs.

Der Weihnachtsmorgen dämmerte grau und trostlos herauf. Wilma schleppte sich im Haus herum und legte lustlos Geschenke unter den Baum. Die beiden Pakete von Wee Willie. Hätten sie das Gewinnlos nicht verloren, hätten sie Wee Willie anrufen und sie auffordern können, über Weihnachten nach Hause zu kommen. Vielleicht wäre sie ja gar nicht gekommen ... Wee Willie mochte die Mittelklasse-Haushalte im Vorstadtmilieu nicht. In diesem Fall hätte Ernie seinen Job an den Nagel hängen können, und sie hätten Wee Willie demnächst in Arizona besucht. Und Wilma wäre in der Lage gewesen, den Fernsehapparat mit dem Achtzig-Zentimeter-Bildschirm zu kaufen, der sie vergangene Woche bei Trader Horn so beeindruckt hatte. Wenn sie sich vorstellte, daß sie J. R. achtzig Zentimeter groß sah ...

Schon gut. Verschüttete Milch. Nein, verschütteter *Alkohol.* Ernie hatte ihr erzählt, daß er vorgehabt hatte, das Lotterielos in ihre Strumpfhose zu stekken und das Ganze auf den Kaminsims zu hängen. Wilma versuchte, nicht daran zu denken, wie aufregend das gewesen wäre.

Ernie war seinen Kater noch immer nicht los und hatte sich schon den zweiten Tag krank gemeldet, aber Wilma ging trotzdem nicht gerade freundlich mit ihm um. Sie setzte ihm genau auseinander, was er mit seinem Brummschädel tun konnte.

An Nachmittag ging Ernie in das Schlafzimmer und schloß die Tür hinter sich. Nach einer Weile wurde Wilma besorgt und folgte ihm. Ernie saß auf dem Bettrand, hatte das Hemd ausgezogen und kratzte sich kläglich die Brust. »Mir geht's gut«, erklärte er mit der Leidensmiene, die ihm nun scheinbar zur Gewohnheit wurde. »Es juckt nur so verdammt.«

Wilma war zwar etwas erleichtert, weil er keine Möglichkeit gefunden hatte, Selbstmord zu begehen, fragte aber gereizt: »Was juckt denn so schrecklich? Es ist noch nicht Zeit für deine Allergien. Ich höre den ganzen Sommer über nichts anderes.«

Dann betrachtete sie die entzündete Haut genauer. »Um Himmels willen, das kommt von Giftsumach. Wo hast du das her?«

Giftsumach.

Sie starrten einander an.

Wilma holte Ernies Unterhemd von der Kommode. Sie hatte es dort liegengelassen; die Sicherheitsnadel steckte noch in ihm, und das Papierfetzchen daran war ein stummer, feindseliger Beweis für seine Dummheit. »Zieh es an«, befahl sie.

»Aber ...«

»Zieh es an!«

Es war sofort klar, daß sich das Zentrum des Giftsumachs genau dort befand, wo das Los versteckt gewesen war.

»Dieses verlogene Miststück.« Wilma schob das Kinn vor und richtete sich auf. »Sie hat doch gesagt, daß Big Jimbo gegen vier Uhr nach Hause kommen wird?«

»Ich glaube schon.«

»Gut. Es gibt nichts Besseres als ein Empfangskomitee.«

Um fünfzehn Uhr dreißig fuhren sie vor Lorettas Haus vor und parkten. Wie erwartet, war Jimbos achtachsiger Sattelschlepper noch nicht da. »Wir bleiben einige Minuten sitzen und bringen die Betrügerin aus der Ruhe«, entschied Wilma.

Sie sahen zu, wie die Rollos im Vorderfenster von Lorettas Haus sprunghaft zu zucken begannen. Drei Minuten vor vier deutete Ernie nervös nach vorn. »Dort. Bei der Ampel. Das ist Jimbos Laster.«

»Gehen wir«, befahl Wilma.

Loretta öffnete die Tür wieder mit strahlendem Lächeln. Wilma stellte mit grimmiger Befriedigung fest, daß das Lächeln diesmal aber sehr, sehr verkrampft wirkte.

»Ernie. Wilma. Wie nett. Ihr seid tatsächlich auf einen Weihnachtsdrink vorbeigekommen.«

»Ich werde den Weihnachtsdrink später zu mir nehmen«, erklärte Wilma. »Um zu feiern, daß wir unser Los wiederhaben. Wie geht es deinem Giftsumach-Ausschlag, Loretta?«

»Der wird langsam besser. Aber mir gefällt dein Ton nicht, Wilma.«

»Nein, wirklich?« Wilma ging an dem Raumteiler mit der schwarz-rot karierten Tapete vorbei und zog das Rollo hoch. »Sieh mal an. Da ist ja Big Jimbo. Ihr beiden Turteltäubchen könnt es wahrscheinlich nicht mehr erwarten, zu schnäbeln. Er wird vermutlich richtig wütend werden, wenn ich ihm erzähle, daß ich dich wegen Ehebruch verklage, weil du es mit meinem Mann getrieben hast.«

»Ich habe was?« Lorettas sorgfältig aufgetragener purpurroter Lippenstift wirkte intensiver, weil ihr Gesicht kalkweiß wurde.

»Du hast mich sehr gut verstanden. Ich habe Beweise dafür. Ernie, zieh dein Hemd aus. Zeig dieser Verführerin von Ehemännern deinen Ausschlag.«

»Ausschlag?« stöhnte Loretta.

»Giftsumach, genau wie deiner. Hat auf seiner Brust begonnen, als du die Hand unter seine Unterwäsche schobst, um zu dem Los zu gelangen. Komm schon. Leugne es! Sag Jimbo, daß du nichts von einem Los weißt, daß du und Ernie nur ein kleines Techtelmechtel hattet.«

»Du lügst. Verschwinde von hier. Knöpf das Hemd nicht auf, Ernie.« Loretta packte fieberhaft Ernies Hände.

»Was für ein großer Mann dein Jimbo ist«, stellte Wilma bewundernd fest, als er aus dem Lastwagen kletterte. Sie winkte ihm zu. »Ein wirklich großer Mann.« Sie drehte sich um. »Zieh auch die Hose aus, Ernie.« Sie ließ das Rollo los und ging rasch zu Loretta. »Er hat den Ausschlag auch *dort unten*«, flüsterte sie.

»O mein Gott. Ich hole es. Ich hole es. Laß die Hose an!« Loretta rannte in das kleine Eßzimmer und riß den Wandschrank auf, der die Reste des Porzellanservices ihrer Mutter enthielt. Sie hob mit zitternden Händen die Zuckerschale heraus. Als sie nach dem Lotterielos griff, entglitt ihr die Schale und zerbrach. In dem Augenblick, in dem sie Wilma das Los in die Hand drückte, drehte sich Jimbos Schlüssel im Schloß. »Verschwindet jetzt. Und haltet den Mund.«

Wilma setzte sich auf die rot-schwarz karierte Couch. »Es wäre wirklich merkwürdig, wenn wir jetzt hinausstürmen würden. Ernie und ich werden dir und Big Jimbo bei einem Weihnachtsdrink Gesellschaft leisten.«

Die Häuser in ihrem Block waren auf den Dächern mit Weihnachtsmännern, auf dem Rasen mit Engeln und um die Fenster mit Lichterketten geschmückt. Als sie ausstiegen, bemerkte Wilma mit friedlichem Lächeln, daß es eine wirklich hübsche Wohngegend war. Drinnen überreichte sie Ernie das Los. »Steck es in meine Strumpfhose, wie du es vorgehabt hast.«

Er ging gehorsam ins Schlafzimmer und suchte ihre Lieblingsstrumpfhose heraus, die weiße mit den Straßsteinen. Sie stöberte in seiner Schublade und förderte einen seiner eleganten Socken zutage; er war etwas unförmig, weil Wilma nicht besonders gut stricken konnte, gehörte aber trotzdem zu seinem besten Paar. Während sie die Strümpfe an dem Sims über dem Schein-Kamin befestigte, sagte Ernie: »Wilma, ich habe ...«, seine Stimme sank zu einem Flüstern herab, »dort unten keinen Giftsumach.«

»Davon war ich überzeugt, aber es hat gewirkt. Jetzt steck das Los in meine Strumpfhose, und ich stecke dein Geschenk in deinen Socken.«

»Du hast mir ein Geschenk gekauft? Nach all den Schwierigkeiten, die ich dir gemacht habe? O Wilma!«

»Ich habe es nicht gekauft. Ich habe es aus dem Medikamentenkästchen ausgegraben und eine Schleife drum gebunden.« Wilma ließ mit glücklichem Lächeln eine Flasche mit Galmei-Tinktur, wie man sie bei Ausschlägen verwendet, in Ernies Socken plumpsen.

Der blinde Passagier

Carol fröstelte in ihrer rauchblauen Uniformjacke und versuchte, ihr wachsendes Unbehagen zu ignorieren. Als sie sich im Warteraum des Flugplatzes umsah, dachte sie, daß die farbenfroh gewandeten Trachtenpuppen in den Schaukästen einen unpassenden Hintergrund abgaben für die finster dreinblickenden Polizisten, die vor ihnen patrouillierten. Die Handvoll Passagiere standen dicht beieinander, beobachteten sie mit haßerfüllten Augen.

Sie ging auf sie zu und hörte einen der Passagiere sagen: »Die Verfolgungsjagd dauert zu lange. Das mißfällt den Jagdhunden.« Er wandte sich an Carol: »Wie lange fliegen Sie schon, Stewardeß?«

»Drei Jahre«, erwiderte Carol.

»Auch dafür sehen Sie noch viel zu jung aus. Aber wenn Sie erst mein Land vor der Besetzung gekannt hätten ... In diesem Raum herrschte immer so eine heitere Stimmung. Als ich nach meinem letzten Besuch in die Staaten zurückflog, gaben mir zwanzig Verwandte das Geleit. Diesmal hat sich kein einziger hergewagt. Es ist nicht ratsam, sich mit amerikanischen Angehörigen in der Öffentlichkeit zu zeigen.«

Carol senkte die Stimme. »Heute sind so viel mehr Polizisten hier als sonst. Wissen Sie, warum?«

»Ein Mitglied der Untergrundbewegung ist geflohen«, flüsterte er. »Vor einer Stunde wurde er hier in der Nähe gesichtet. Sie werden ihn sicher erwischen, aber das muß ich hoffentlich nicht mit ansehen.«

»Wir gehen in fünfzehn Minuten an Bord«, beruhigte ihn Carol. »Jetzt entschuldigen Sie mich bitte. Ich muß zum Captain.«

Tom war gerade vom Navigationsbüro hereingekommen. Er nickte ihr zu, als sich ihre Blicke trafen. Carol fragte sich, wann ihr Herz endlich aufhören würde, schmerzhaft und wie verrückt zu hämmern, sobald sie ihn auch nur flüchtig sah. Höchste Zeit, daß er für sie zu einem Piloten unter vielen würde und sie den hochgewachsenen, attraktiven Mann in der dunklen Uniform vergäße, den sie von ganzem Herzen geliebt hatte.

Ihre Stimme klang unverbindlich, ihre grauen Augen musterten ihn kühl: »Sie wünschen mich zu sprechen, Captain?«

Tom erwiderte im gleichen sachlichen Ton: »Ich wollte wissen, ob Sie nach Paul geschaut haben.«

Beschämt mußte Carol zugeben, daß sie seit der Landung in Danubia vor einer Stunde nicht mehr an den Chefsteward gedacht hatte. Paul litt unter der Folgeerscheinung mehrerer Seruminjektionen und war in der Koje geblieben, während die Maschine für den Rückflug nach Frankfurt aufgetankt wurde.

»Nein, Captain. Das Versteckspiel, das unsere Freunde veranstalten, hat mich zu sehr abgelenkt.«

Tom nickte. »Ich möchte um keinen Preis in der Haut dieses armen Kerls stecken, wenn sie ihn schnappen. Sie sind sich ganz sicher, daß er hier irgendwo auf dem Flugplatz ist.«

Für einen kurzen Augenblick klang Toms Stimme vertraut, freundschaftlich, und Carol sah ihn gespannt an. Doch dann wurde er wieder ganz Captain, der zur Stewardeß sprach. »Gehen Sie bitte an Bord und stellen Sie fest, ob Paul etwas braucht. Die

Passagiere lasse ich dann vom Check-in-Mitarbeiter nach draußen bringen.«

»In Ordnung, Captain.« Und damit wandte sie sich zum Ausgang.

Der kalte Flugplatz wirkte trostlos im Halbdunkel des Oktoberabends. Drei Polizisten kletterten in die nebenan geparkte Maschine. Der Anblick ließ sie erschauern, als sie an Bord ging und sich auf die Suche nach Paul machte.

Er schlief, sie breitete behutsam eine weitere Decke über ihn und kehrte in die Kabine zurück. Noch zehn Minuten, dann sind alle eingestiegen, dachte sie nach einem Blick auf die Uhr. Sie zog ihren Taschenspiegel hervor und fuhr sich mit dem Kamm durch die kurzen blonden Locken, die unter der Mütze hervorquollen.

Da entdeckte sie, wie gelähmt vor Angst, das Spiegelbild einer mageren Hand, die sich um die Stange des kleinen offenen Schrankes hinter ihrem Sitz klammerte. *Jemand versuchte sich in dieser winzigen Nische zu verstecken!* Panisch spähte sie durch das Fenster, hielt Ausschau nach Hilfe. Die Polizeistreife hatte die andere Maschine verlassen und steuerte jetzt in ihre Richtung.

»Legen Sie den Spiegel weg, Mademoiselle.« Die Worte kamen leise, verständlich, mit starkem Akzent. Sie hörte, wie die Kleiderbügel beiseite geschoben wurden, fuhr herum und sah sich einem mageren, etwa siebzehnjährigen Jungen mit dichtem blonden Haar und intelligenten Augen gegenüber.

»Bitte — haben Sie keine Angst. Ich tue Ihnen nichts.« Er sah aus dem Fenster auf die rasch herannahende Polizei. »Gibt's hier noch einen zweiten Ausgang?«

Carols Angst änderte sich schlagartig. Das Gefühl einer drohenden Katastrophe, das sie erfüllte, galt jetzt ihm. In seinen Augen spiegelte sich Schrecken, wie ein gefangenes Tier wich er vom Fenster zurück, streckte Carol die Hand entgegen, bittend, drängend, seine Stimme klang flehend: »Wenn sie mich finden, werden sie mich töten. Wo kann ich mich verstecken?«

»Ich kann Sie nicht verstecken«, protestierte Carol. »Die werden Sie finden, wenn sie die Maschine durchsuchen, und ich kann die Fluggesellschaft da unmöglich mit reinziehen.« Sie sah Toms Gesicht deutlich vor sich, wenn die Polizei einen blinden Passagier an Bord entdeckte, noch dazu, wenn sie ihn verbarg.

Füße stapften die Gangway hinauf, Metall klirrte unter schweren Schuhen. Pausenloses, lautes Hämmern an der geschlossenen Tür.

Wie hypnotisiert starrte Carol dem Jungen in die Augen, sah die düstere Hoffnungslosigkeit darin. Hektisch schaute sie sich in der Kabine um. Pauls Uniformjacke hing im Kleiderschrank. Sie zerrte sie heraus und angelte sich die Mütze von der Hutablage. »Ziehen Sie das an, fix.«

Ein Hoffnungsschimmer erhellte das Gesicht. Mit Windeseile machte er die Knöpfe zu und stopfte das Haar unter die Mütze. Es hämmerte wieder gegen die Tür.

Carols Hände waren feucht, ihre Finger taub. Sie schob den Jungen auf den Sitz in der letzten Reihe, öffnete zitternd die Mappe mit den Reisepapieren und warf ihm Zolldeklarationen in den Schoß. »Machen Sie ja nicht den Mund auf. Wenn sie mich nach Ihrem Namen fragen, werde ich sagen, Sie heißen Joe Reynolds und kann dann nur beten, daß sie die Pässe nicht kontrollieren.«

Ihre Beine trugen sie kaum zur Kabinentür. Als sie am Griff zog, überfiel sie schockartig die Erkenntnis, was sie da tat und wie jämmerlich durchsichtig die Tarnung war. Sie fragte sich, ob sie die Polizei irgendwie von einer Durchsuchung der Maschine abhalten könnte. Der Griff drehte sich, die Tür schwang auf. Sie blockierte den Eingang und zwang sich zu einem verärgerten Ton, als sie den Polizisten gegenüberstand. »Der Steward und ich sind mit der Prüfung unserer Papiere beschäftigt. Was ist der Anlaß für diese Störung?«

»Sie wissen doch sicher, daß eine Fahndung nach einem entflohenen Verräter stattfindet. Sie haben kein Recht, die Polizei bei ihrer Arbeit zu behindern.«

»Hier wird *meine* Arbeit behindert. Ich werde das dem Captain melden. Sie haben kein Recht, ein amerikanisches Flugzeug zu betreten.«

»Wir durchsuchen jede Maschine auf dem Platz«, herrschte sie der Anführer an. »Gehen Sie jetzt zur Seite? Es wäre höchst unliebsam, wenn wir uns gewaltsam Zutritt verschaffen müßten.«

Carol sah ein, daß es keinen Sinn hatte, weiter zu streiten, und ließ sich schleunigst auf dem Platz neben dem Jungen nieder, drehte sich mit dem ganzen Körper zu ihm, so daß ihr Rücken der Polizei den direkten Blick auf ihn verwehrte. Sein Kopf war über die Papiere gebeugt. In der schwachen Beleuchtung wirkte die Uniform durchaus annehmbar, und das Fehlen einer Krawatte fiel bei der gebückten Haltung nicht auf.

Carol nahm ein paar Deklarationen von seinem Schoß und sagte: »Los, Joe, bringen wir's hinter uns. ›Kralik, Walter, sechs Flaschen Kognak, Wert dreißig Dollar. Eine Uhr, Wert ...‹«

»Wer ist außerdem noch an Bord?« fragte der Anführer.

»Der Chefsteward, er schläft in der Koje«, erwiderte Carol nervös. »Er war sehr krank.«

Der Blick des Wortführers glitt ohne jedes Interesse über »Joe« hinweg. »Sonst niemand? Das ist die einzige amerikanische Maschine hier. Wäre nur folgerichtig, daß der Verräter auch auf sie zusteuert.«

Der zweite Polizist hatte die Toiletten, den Kleiderschrank und den Boden unter den Sitzen untersucht. Der dritte kam aus der Kanzel zurück. »Da vorn ist nur ein Mann, der schläft. Viel zu alt für unseren Gefangenen.«

»Er wurde vor fünfzehn Minuten hier in der Nähe gesichtet«, ereiferte sich der Wortführer. »Er muß irgendwo stecken.«

Carol sah auf die Uhr. Eine Minute vor acht. Die Passagiere mußten auf dem Weg über den Flugplatz sein. Sie mußte die Polizei loswerden, den Jungen verstecken — alles in einer Minute ...

Sie erhob sich, achtete darauf, daß sie Joe mit ihrem Körper verdeckte. Durch das gegenüberliegende Fenster sah sie, daß sich die Tür des Warteraumes öffnete, und wandte sich an den Wortführer. »Sie haben das Flugzeug durchsucht. Meine Passagiere gehen gleich an Bord. Würden Sie jetzt bitte die Maschine verlassen?«

»Sie scheinen es merkwürdig eilig zu haben, uns loszuwerden, Stewardeß.«

»Ich habe meinen Papierkram noch nicht erledigt. Wenn ich mich um die Passagiere kümmere, läßt sich das schwer nachholen.«

Schritte eilten die Gangway hinauf. Ein Bote erschien und teilte dem Wortführer mit: »Der Kommissar wünscht unverzüglich einen Bericht über die Durchsuchung.«

Zu Carols Erleichterung hasteten alle drei Polizisten hinaus.

Der Check-in-Mitarbeiter und die Passagiere standen am Fuß der Gangway, als die Polizisten herunterkamen. Die Besatzung stieg durch den Vordereingang ein.

»Joe!« rief Carol. Der Junge hatte den Sitz verlassen und kauerte im Gang. Carol zog ihn ins Heck und zeigte auf die Herrentoilette. »Da rein. Ziehen Sie die Uniform aus und machen Sie niemandem auf, nur mir.«

Sie stand an der Kabinentür und empfing den Check-in-Mitarbeiter und die Fluggäste mit einem gezwungenen Lächeln. Er überreichte ihr die Passagierliste und wartete, während sie alle begrüßte und placierte.

Die Liste enthielt sechs Namen. Fünf waren getippt, der letzte, »Wladimir Karlow«, handschriftlich eingetragen. Daneben stand: VIP.

»Wer ist diese sehr wichtige Person?« erkundigte sich Carol leise.

»Ein ganz hohes Tier, der Polizeichef von Danubia.

Einer der grausamsten Bluthunde hier, also fassen Sie ihn mit Glacéhandschuhen an. Er hat kurz haltgemacht, um mit dem Suchtrupp über den entflohenen Häftling zu reden.«

Der Polizeichef — auf ihrem Flug! Carol wurde übel, doch als er die Gangway erklomm, streckte sie ihm lächelnd die Hand entgegen. Ein hochgewachsener Fünfziger, spitznasig, schmallippig.

»Ich bin für Platz 42 vorgemerkt.«

Sie konnte ihn unmöglich hinten sitzen lassen, das war Carol klar. Dann würde er »Joe« mit Sicherheit sehen, wenn sie ihn aus der Toilette schleuste. »Der Flug nach Frankfurt ist fantastisch«, erklärte sie unbefangen lächelnd. »Es wäre geradezu unverzeihlich, auf einen Platz vor der Tragfläche zu verzichten ...«

»Ich sitze lieber hinten«, unterbrach er sie. »Das macht den Flug wesentlich ruhiger.«

»Diese Route ist eine unserer gemütlichsten, so gut wie gar keine Böen. Auf den vorderen Plätzen gibt's kein Rütteln, und Sie haben eine bessere Sicht.«

Der Polizeichef zuckte die Achseln und folgte ihr den Gang hinunter. Sie schaute in die Passagierliste und überlegte, ob sie ihn neben einen anderen Fluggast placieren sollte. Wenn sie es tat, kamen die beiden vielleicht ins Gespräch, und er wäre eher abgelenkt, wenn sie Joe aus der Herrentoilette holte. Doch dann erinnerte sie sich an die erbitterten Bemerkungen über die Durchsuchung, führte ihn zu Platz 3, verstaute seine Reisetasche im Gepäcknetz und bat ihn, sich anzuschnallen.

Der Passagier auf Platz 7 stand auf und wollte nach hinten gehen. Carol holte ihn an der Tür zur Herrentoilette ein. »Bitte behalten Sie Platz. Die Maschine setzt gleich zum Start an.«

Er war kreidebleich. »Bitte, Stewardeß, mir wird schlecht. Ich krieg's immer ein bißchen mit der Angst zu tun, wenn das Flugzeug abhebt.«

Carol ergriff seine Hand und zwang ihn, den Griff loszulassen, bevor er merkte, daß die Tür verschlossen war. »Ich hab' Tabletten dabei, die helfen bestimmt. Sämtliche Passagiere müssen auf ihren Plätzen bleiben, bis wir in der Luft sind.«

Sie wartete, bis er sich gesetzt hatte, und griff dann zum Mikrofon. »Guten Abend, ich bin Ihre Stewardeß und heiße Carol Dowling. Bitte schnallen Sie sich an und rauchen Sie nicht, bis die Leuchtschrift über der Vordertür erloschen ist. Unser Ziel ist Frankfurt, die voraussichtliche Flugdauer beträgt zwei Stunden und fünf Minuten. Ein leichtes Abendessen wird in Kürze serviert. Bitte zögern Sie nicht, Ihre Wünsche zu äußern. Angenehmen Flug.«

Als sie ins Cockpit ging, rollte die Maschine nicht mehr, und die Motoren dröhnten. Sie beugte sich über Tom. »Kabine klar, Captain.«

Tom drehte sich so rasch um, daß seine Hand ihr Haar streifte. Ihr wurde glühend heiß bei der Berührung, ihr Arm schnellte unwillkürlich nach oben.

»Okay, Carol.«

Die Motoren donnerten — es war schwer, seine Worte zu erfassen. Vor einem Jahr hätte er zu ihr hochgeblickt und sie ein »ich liebe dich, Carol« von seinen Lippen ablesen lassen, aber das war jetzt vorbei. Sie verspürte kurzes heftiges Bedauern, daß sie ihren Streit nicht irgendwie beigelegt hatten. In schlaflosen Nächten mußte sie sich eingestehen, daß

Tom es versucht, daß er den Anfang gemacht hatte, doch sie war ihm keinen Schritt entgegengekommen. So hatten seine Versöhnungsversuche nur mit noch heftigeren Auseinandersetzungen geendet, und dann wurde er für sechs Monate nach London versetzt, in denen sie sich nicht sahen. Und jetzt befanden sie sich auf einem gemeinsamen Flug, zwei höfliche Kollegen, die sich nicht anmerken ließen, daß es je anders zwischen ihnen gewesen war.

Sie wollte in die Kabine zurückgehen, doch Tom winkte ihr zu warten. Er nickte dem ersten Offizier zu, und der Motorenlärm wurde gedämpft. Sie fühlte sich unendlich einsam, als er sich von ihr abwandte. Auf diesem Flug hatte es ein paar Augenblicke gegeben, in denen er freundlich wirkte, herzlich — Momente, in denen es den Anschein hatte, als könnten sie sich gründlich aussprechen. Doch das hier gibt der Sache den Rest, dachte sie. Selbst wenn ich Joe nach Frankfurt bringen kann, wird Tom mir das nie verzeihen.

»Haben Sie schon mit dem Polizeichef gesprochen, Carol?«

»Nur als ich ihm seinen Platz zeigte. Er ist nicht sehr redselig.«

»Behandeln Sie ihn äußerst zuvorkommend. Ein wichtiger Mann. Es ist die Rede davon, Danubia für amerikanische Flugzeuge zu sperren. Wenn er mit dem Service zufrieden ist, könnte das vielleicht etwas helfen. Ich schicke Dick nach hinten, sobald wir auf Kurs sind, damit er Ihnen beim Dinner behilflich ist.«

»Bloß nicht! Ich meine, ein kaltes Abendessen und nur sechs Passagiere, das schaff' ich allein.«

Als sie in der Kabine an dem Mann vorbeikam, der beim Start Ängste hatte, lächelte sie ihm aufmunternd zu. Das Flugzeug hatte die Rollbahn erreicht, und die Motoren dröhnten ohrenbetäubend. Sämtliche Passagiere, der Polizeichef eingeschlossen, starrten aus den Fenstern. Sie ging nach hinten, klopfte an die Tür der Herrentoilette und rief leise nach Joe.

Geräuschlos schlüpfte er hinaus. Bei dem trüben Licht glich seine magere Gestalt mehr einem Schatten als einem menschlichen Wesen. Sie flüsterte ihm ins Ohr: »Der letzte Sitz rechts. Legen Sie sich auf den Boden, ich werfe Ihnen dann eine Decke über.«

Er bewegte sich vorsichtig und verschwand unter dem Sitz. Er schleicht wie eine Katze, befand Carol. Sie dachte an den weichen Flaum, der ihr Gesicht gestreift hatte, und verbesserte sich — wie ein ganz junges Kätzchen …

Es fiel schwer, in dem abhebenden Flugzeug die Balance zu halten, sie stützte sich mit einer Hand an der Wand ab, ließ sich auf dem Gangplatz neben Joe nieder, angelte sich eine Decke aus dem Gepäckfach, breitete sie über ihn. Bei flüchtiger Betrachtung mochte das hingehen; wer genauer hinsah, würde sich bestimmt über die merkwürdigen Wölbungen wundern.

Sie heftete ihre Blicke unverwandt auf die Leuchtschrift über der Kabinentür. Solange sie den Passagieren signalisierte, angeschnallt zu bleiben und das Rauchen zu unterlassen, gewährte ihr das eine Atempause. Aber wenn sie erlosch, mußte sie die normale Kabinenbeleuchtung wieder einschalten, was Joes

Versteck zur Farce machen und die Fluggäste animieren würde, ihre Plätze zu verlassen.

Zum erstenmal dachte sie ernsthaft darüber nach, welche Folgen sich aus ihrer Hilfsaktion für sie ergeben würden. Sie überlegte, was Tom wohl dazu sagen würde, und erinnerte sich verzagt an seine Reaktion im vergangenen Jahr, als sie in seinem Flugzeug Ärger verursacht hatte ...

»Was ist denn schon dabei, Tom«, hatte sie protestiert, »wenn ich das arme Kind seinen Hund aus dem Korb nehmen ließ? Die Kleine reiste mutterseelenallein, sollte von irgendwelchen Fremden adoptiert werden. Es war Nacht und dunkel in der Kabine. Kein Mensch hätte was davon erfahren, wenn nicht diese Frau zu ihr rübergegangen wäre und für diese Ruhestörung einen Hundebiß abbekommen hätte.«

Und Tom hatte entgegnet: »Vielleicht lernst du es eines Tages, dich an die Grundregeln zu halten. Bei der Frau handelte es sich um eine Aktionärin, und die hat Cain in der Chefetage alarmiert. Ich habe die Verantwortung dafür übernommen, daß der Hund herausgelassen wurde, weil ich genau wußte, das würde mich nicht den Job kosten. Aber nach sieben Jahren ohne jede Beanstandung bin ich nicht sonderlich erbaut, daß meine Personalakte jetzt einen Verweis enthält.«

Beklommen erinnerte sie sich, was sie ihm darauf ins Gesicht geschleudert hatte: sie sei entzückt, daß er nun keine tadellose Personalakte mehr habe, nach der er sich richten müsse — vielleicht würde er jetzt lockerer und benähme sich menschlich — vielleicht würde er die Dienstvorschriften in Zukunft nicht mehr als Bibel betrachten. Es fiel nicht schwer, sich an jede Einzelheit ihres Wortwechsels zu erinnern, so oft hatte sie den Streit in Gedanken rekapituliert.

Sie versuchte sich auszumalen, was Charlie Wright, Flughafendirektor in Frankfurt, wohl tun würde. Auch für Charlie hatte die Firma unbedingten Vorrang. Er schätzte es, wenn die Flugzeuge pünktlich starteten und landeten und die Passagiere zufrieden waren. Charlie wäre bestimmt außer sich, der Zentrale einen blinden Passagier melden zu müssen, und würde sie zweifellos auf der Stelle vom Dienst suspendieren oder sie gleich hinauswerfen.

Joes Decke bewegte sich leicht, und sie schaltete prompt wieder auf das Problem um, ein sicheres Versteck für ihn zu finden. Das Flugzeug hob ab. Als die Leuchtschrift erlosch, erhob sie sich langsam. Widerstrebend betätigte sie den Wandschalter und ließ die gedämpfte Kabinenbeleuchtung hell aufflammen.

Sie begann, Zeitungen und Zeitschriften zu verteilen. Der Passagier mit den Angstzuständen vor dem Start wirkte jetzt völlig entspannt. »Die Tablette hat prima geholfen, Stewardeß.« Er ließ sich eine Zeitung geben und fahndete nach seiner Brille. »Sie muß im Mantel sein.« Er stand auf und machte sich auf den Weg zum Heck.

»Ich hole sie Ihnen«, stammelte Carol.

»Kommt nicht in Frage.« Er ging an Joes Versteck vorbei — gefolgt von Carol, die kaum zu atmen wagte. Die Decke wirkte in der ordentlichen Kabine als eklatanter Fremdkörper. Der Passagier fand seine Brille, kehrte um, blieb unvermittelt stehen. Er ist ein ordnungsliebender Typ, überlegte Carol geschwind — hatte er nicht seinen Mantel auf dem Bügel glattgestrichen, genauso die Zeitungsseiten? In der nächsten Sekunde würde er die Decke aufheben. Er bückte sich danach: »Die muß runtergefallen sein ...«

»Bitte!« Carols Hand umklammerte seinen Arm mit festem Griff. »Bitte bemühen Sie sich nicht. Ich mache das gleich.« Sie schob ihn sanft weiter und erklärte leichthin: »Sie sind unser Gast. Wenn der Captain mich erwischt, wie ich Sie aufräumen lasse, wirft er mich glatt aus dem Fenster.«

Er lächelte, ging jedoch widerspruchslos zu seinem Platz zurück.

Verzweifelt sah sich Carol überall in der Kabine um. Die Decke war einfach zu auffällig. Sobald jemand nach hinten ging, konnte Joe entdeckt werden.

»Eine Zeitschrift, Stewardeß.«

»Selbstverständlich.« Carol brachte dem Passagier, der hinter dem Polizeichef saß, eine Auswahl, trat dann nach vorn. »Möchten Sie sich vielleicht eine Zeitschrift anschauen, Mr. Karlow?«

Der Polizeichef trommelte mit seinen mageren Fingern auf der Armlehne herum, spitzte nachdenklich den Mund. »Irgendwo fehlt mir ein Detail, Stewardeß. Eine Information, die ich bekommen habe, paßt nicht ins Bild. Wie dem auch sei ...«, er lächelte eisig, »es wird mir wieder einfallen. Wie immer.« Er wies die Zeitschrift mit einer Handbewegung zurück. »Wo ist der Wasserbehälter?«

»Ich bringe Ihnen ein Glas Wasser«, erbot sich Carol.

Er wollte aufstehen. »Bemühen Sie sich nicht. Ich

hasse es, so lange stillzusitzen. Ich hol's mir selber.«

Der Wasserbehälter befand sich gegenüber von Joes Versteck. Der Polizeichef war kein unkritischer Beobachter, sondern würde die Decke bestimmt inspizieren.

»Nein!« Sie blockierte ihm den Weg. »Es wird böig. Der Captain möchte nicht, daß die Passagiere dann herumlaufen.«

Der Polizeichef blickte vielsagend auf die abgeschaltete Leuchtschrift. »Würden Sie mich jetzt vorbeilassen ...«

Das Flugzeug neigte sich leicht zur Seite, Carol geriet ins Wanken prallte gegen den Polizeichef, ließ absichtlich die Zeitschriften fallen. Es wurde tatsächlich stürmisch.

Wenn sie ihn bloß etwas hinhalten könnte, Tom würde sicher die Leuchtschrift einschalten. Der Polizeichef hob, sichtlich gereizt, ein paar Zeitschriften auf.

Sie verstellte ihm weiterhin den Weg, klaubte langsam die restlichen auf, sortierte sie sorgfältig nach Größe. Schließlich war sie mit ihrer Verzögerungstaktik am Ende und richtete sich auf. Und da leuchtete das Signal auf — BITTE ANSCHNALLEN!

Der Polizeichef lehnte sich zurück und beobachtete Carol scharf, als sie zum Wasserbehälter ging, ein Glas füllte und es ihm brachte. Er bedankte sich nicht, sondern bemerkte nur: »Das Zeichen kam Ihren Ausreden ja wie gerufen, Stewardeß. Es muß für Sie überaus wichtig gewesen sein, daß ich meinen Platz nicht verlasse.«

Carol erfaßte erst Angst, dann Zorn. Er wußte,

daß etwas im Busch war, und es machte ihm einen Heidenspaß, sich an ihrer Verlegenheit zu weiden. Sie nahm ihm das fast unberührte Glas ab. »Ich werde Sie in ein Berufsgeheimnis einweihen, Sir. Wenn wir eine sehr bedeutende Persönlichkeit an Bord haben, wird neben dem Namen auf der Passagierliste ein Zeichen gemacht. Diese Markierung bedeutet, daß wir diese Persönlichkeit mit äußerster Zuvorkommenheit behandeln sollen. Auf diesem Flug sind Sie der bewußte Passagier, und ich bemühe mich, Ihnen die Reise so angenehm wie möglich zu machen. Bedauerlicherweise gelingt mir das nicht.«

Die Tür zum Cockpit öffnete sich, und Tom kam herunter. Die Passagiere saßen alle in der vorderen Kabinenhälfte. Carol stand neben dem am weitesten hinten Placierten. Höchstwahrscheinlich wollte Tom nur alle begrüßen. Er würde sich nicht die Mühe machen, durch die leeren Sitzreihen zu gehen.

Tom schüttelte erst dem Polizeichef die Hand, dann dem Mann hinter ihm, wies die beiden Schachspieler auf eine Wolkenbank hin. Carol registrierte jede seiner Bewegungen mit großem Schmerz. Bei jeder Begegnung tauchte eine andere Erinnerung blitzartig auf. Diesmal war es der Memorial Day in Gander, und ihr Flug wurde wegen eines heftigen Schneesturms annulliert. Spät in der Nacht gab es zwischen ihr und Tom eine Schneeballschlacht. Tom hatte auf die Uhr geschaut und gesagt: »Ist dir klar, daß in zwei Minuten der erste Juni beginnt? Ich hab' noch nie ein Mädchen bei Schneesturm am ersten Juni geküßt.« Seine Lippen streiften ihre Wange und waren kalt, fanden ihren Mund und waren ganz warm. »Ich liebe dich, Carol.« Es war das erste Mal, daß er das gesagt hatte.

Carol schluckte ihren Kummer hinunter und kehrte auf den Boden der Tatsachen zurück. Sie stand im Gang, Tom vor ihr, Joe war in Gefahr, und es gab keinen Ausweg.

»Wollen Sie wirklich keine Hilfe beim Dinner, Carol?« Sein Ton war unpersönlich, doch sein Blick suchte den ihren. Sie fragte sich, ob auch er solche spontanen Erinnerungen hatte.

»Nicht nötig«, erwiderte sie. »Ich fange gleich damit an.« Das bedeutete, in die Küche hinaufzugehen und Joe der Entdeckung auszusetzen, aber ...

Tom räusperte sich und suchte offenbar nach Worten. »Wie fühlt man sich so als einzige Frau an Bord, Carol ...«

Der Satz blieb hängen, doch es dauerte Sekunden, bis Carol seine volle Bedeutung erfaßte. Ihr Blick wanderte von einem Passagier zum anderen: der Polizeichef, der Mann mit der Angst vor dem Start, der freundliche Vierziger, die beiden Schachspieler. Alles Männer. Sie hatte um ein Versteck für Joe gebetet und ausgerechnet von Tom den entscheidenden Hinweis bekommen! Die Damentoilette! Perfekt. Und so einfach.

Tom betrachtete sie prüfend, als sie lässig erwiderte: »Gefällt mir großartig, hier die einzige Frau zu sein, Captain. Keine Konkurrenz.«

Tom wollte gehen, hielt zögernd inne. »Carol, trinken Sie in Frankfurt eine Tasse Kaffee mit mir. Wir müssen miteinander reden.«

Es war geschehen. Sie fehlte ihm auch. Wenn sie jetzt zu ihm sagte: »Ich hab' einen blinden Passagier an Bord entdeckt«, wäre alles ganz einfach. Tom könnte die Anerkennung einheimsen, und Danubia wäre dankbar. Es könnte eine Verlängerung der Flugverkehrsrechte für Northern bedeuten und ihn für die Scherereien im vergangenen Jahr entschädigen. Aber sie konnte Joe nicht dem Tod ausliefern, auch nicht um den Preis von Toms Liebe. »Fragen Sie mich das in Frankfurt, wenn Sie's dann immer noch möchten«, sagte sie.

Nachdem Tom im Cockpit entschwunden war, kehrte sie auf den Platz neben Joe zurück und überprüfte die Passagiere mit raschem Blick. Die beiden Freunde waren in ihr Schachspiel vertieft. Der ältere Herr war eingenickt. Der Vierziger betrachtete die Wolken. Der Pedant beugte sich über seine Zeitung. Der Kopf des Polizeichefs ruhte an der Sessellehne. Die Hoffnung, daß er ein Schläfchen machte, dürfte wohl übertrieben sein. Bestenfalls war er in Gedanken versunken und würde sich vielleicht nicht umdrehen.

Sie beugte sich hinunter. »Joe, Sie müssen sich nach hinten, ins Heck der Maschine, schleichen. Die Damentoilette ist auf der linken Seite. Gehen Sie rein und verschließen Sie die Tür gut.«

Gerade in diesem Moment begegnete sie dem Blick des Polizeichefs, als er sich umdrehte. »Joe, ich muß die Beleuchtung ausschalten. Wenn ich das tue, verschwinden Sie schleunigst! Haben Sie verstanden?«

Joe streifte sich die Decke vom Kopf. Sein Haar war zerzaust, und die Augen blinzelten in dem hellen Licht. Er sah aus wie ein Zwölfjähriger, den man aus festem Schlaf geweckt hatte. Doch als sich seine

Augen an das Licht gewöhnt hatten, waren es die Augen eines Mannes — müde, angespannt.

Er nickte leicht, für Carol eine ausreichende Bestätigung, daß er begriffen hatte. Sie erhob sich. Der Polizeichef hatte seinen Platz verlassen und eilte auf sie zu.

Sekundenschnell war sie am Lichtschalter und tauchte die Kabine in Dunkel. Die Passagiere reagierten mit Schreckensrufen. Carol schrie noch lauter als die anderen: »Entschuldigung! Wie dumm von mir! Ich kann anscheinend den richtigen Schalter nicht finden ...«

Ein Türklappen — hatte sie das Klicken gehört, oder war es bloß Wunschdenken?

»Schalten Sie die Beleuchtung ein, Stewardeß.« Eine eisige Stimme, eine harte Hand auf ihrem Arm.

Carol betätigte den Schalter und starrte in das wutverzerrte Gesicht des Polizeichefs.

»Warum?« herrschte er sie an.

»Wie meinen Sie das, Sir? Ich wollte bloß das Mikrofon einschalten, um das Dinner anzukündigen. Sehen Sie — der Schalter liegt direkt neben dem für die Beleuchtung.«

Der Polizeichef betrachtete die Trennwand, stutzte unsicher. Carol schaltete das Mikrofon ein. »Ich hoffe, Sie haben alle tüchtigen Hunger. In ein paar Minuten bringe ich Ihnen das Dinner, und für die Wartezeit servieren wir Ihnen einen Cocktail: Manhattans, Martinis oder Daiquiris. Ich komme gleich und nehme Ihre Bestellungen entgegen.« Sie wandte sich an den Polizeichef und fragte respektvoll: »Einen Cocktail, Sir?«

»Nehmen Sie einen mit mir, Stewardeß?«
»Ich darf während der Arbeit nichts trinken.«
»Ich auch nicht.«

Was hat er damit gemeint, grübelte Carol, als sie das Cocktail-Tablett herumreichte. Noch ein Katz-und-Maus-Spielchen, befand sie, während sie fix die Fertiggerichte aus dem Eckkühlschrank in der Küche zog und die Tabletts zurechtmachte. Mit dem Dinner für den Polizeichef gab sie sich besondere Mühe, faltete die Leinenserviette sorgfältig und schenkte den Kaffee im allerletzten Augenblick ein, damit er kochend heiß blieb.

»Sind es normalerweise nicht zwei Flugbegleiter?« erkundigte sich der Polizeichef, als sie ihm das Tablett hinstellte.

»Ja, aber der Chefsteward ist krank. Er muß liegen.«

Sie versorgte die anderen, schenkte Kaffee nach, brachte der Crew ihr Essen. Tom überließ dem ersten Offizier die Steuerung und setzte sich an den Tisch des Navigators. »Ich bin heilfroh, wenn wir in Frankfurt landen«, sagte er beunruhigt. »Bei dem Rückenwind dürften wir in einer halben Stunde dort sein. Ich war bei dem ganzen Flug kribbelig. Irgendwas scheint da nicht zu stimmen, aber genau drauf hinweisen kann ich nicht.« Er grinste. »Aber vielleicht bin ich auch bloß müde und brauch' dringend 'ne Tasse von Ihrem guten Kaffee, Carol.«

Carol zog den Vorhang der Schlafkoje etwas beiseite. »Paul hat ganz schön lange geschlafen.«

»Er ist vorhin aufgewacht und hat mich gebeten, ihm seine Jacke zu holen. Er wollte Ihnen helfen.

Aber ich hab' ihm befohlen, liegenzubleiben. Er fühlt sich hundsmiserabel.«

Joes Schicksal hing an einem derart hauchdünnen seidenen Faden. Wenn Paul zurückgekommen wäre, hätte er Joe gesehen. Wenn Pauls Jacke nicht in der Kabine gehangen hätte, wäre Joe von der Polizei entdeckt worden. Wenn Tom nicht gesagt hätte, daß sie die einzige Frau an Bord sei ...

»Wenn wir nur noch eine halbe Stunde zu fliegen haben, sammle ich schon mal die Tabletts ein«, sagte sie.

Sie begann abzuräumen, bei einem Passagier nach dem anderen. Das Tablett des Polizeichefs war unberührt. Er starrte es finster an. Eine Vorahnung warnte Carol, ihn nicht zu stören. Sie säuberte die anderen Tabletts und stapelte sie. Doch dann sagte ihr ein Blick auf die Armbanduhr, daß sie in zehn Minuten landen würden. Die Leuchtschrift erschien — BITTE ANSCHNALLEN! Sie ging das Tablett des Polizeichefs holen. »Kann ich es mitnehmen, Sir? Sie haben ja leider kaum etwas gegessen.«

Doch der Polizeichef stand auf. »Um ein Haar wären Sie damit durchgekommen, Miss, aber letztlich merkte ich, was mir entgangen war. In Danubia berichteten die Fahnder, der Chefsteward wäre krank, und die Stewardeß überprüfe mit dem Steward zusammen Zolldeklarationen.« Sein Gesicht wurde hart. »Warum hat Ihnen nicht ein Steward beim Dinner geholfen? Weil gar keiner da ist.« Seine Finger gruben sich in Carols Schulter. »Unser Gefangener ist in dieses Flugzeug gelangt, und Sie haben ihn versteckt.«

Carol kämpfte gegen die wachsende Panik. »Lassen Sie mich los.«

»Er ist doch an Bord, oder? Nun, es ist noch nicht zu spät. Der Captain muß uns nach Danubia zurückbringen. Es wird eine gründliche Untersuchung stattfinden.«

Er stieß sie beiseite und stürzte auf die Tür zum Cockpit zu. Carol griff nach seinem Arm, doch er schlug ihre Hand weg. Die anderen Passagiere waren aufgesprungen, gafften.

Ihre letzte Hoffnung galt diesen Männern, die so verbittert die Suche verfolgt hatten. Würden sie ihr helfen?

»Ja, es ist ein entflohener Gefangener an Bord!« schrie sie. »Er ist noch ein halbes Kind, das Sie liebend gern erschießen würden, aber ich werde Sie daran hindern!«

Einen Augenblick klammerten sich die Passagiere, anscheinend teilnahmslos, an die Sessellehnen, suchten Halt während des Anflugs. Zutiefst verzweifelt dachte Carol, daß sie von ihnen keine Hilfe zu erwarten hätte. Doch dann, als ob sie endlich begriffen hätten, was vor sich ging, stürzten sie gemeinsam vorwärts. Der Sanftmütige warf sich auf den Polizeichef und schlug seine Hand von der Türklinke.

Einer der beiden Schachspieler drehte ihm die Arme auf dem Rücken zusammen. Die Maschine kreiste über dem Flugplatz, die Positionslichter waren bereits in Fensterhöhe. Ein leichter Ruck — Frankfurt!

Die Passagiere ließen den Polizeichef los, als sich die Tür zum Cockpit öffnete. Da stand Tom, betrachtete verärgert die Szene. »Was, zum Teufel, ist hier los, Carol?«

Sie ging zu ihm, verschloß die Augen vor dem Haß des Polizeichefs und vor der Wirkung, die ihre Worte auf Tom hatten. Sie fühlte sich krank, erschöpft. »Captain …«, ihre Zunge war geschwollen, sie konnte sich kaum artikulieren. »Captain, ich möchte einen blinden Passagier melden …«

Dankbar schluckte sie den dampfenden Kaffee im Direktionsbüro des Frankfurter Flughafens. In der vergangenen Stunde hatte es ein wirres Durcheinander von Flughafenbeamten, Polizei, Fotografen gegeben. Wirklich deutlich war ihr nur die Forderung des Polizeichefs in Erinnerung: »Dieser Mann ist ein Staatsbürger meines Landes. Er muß sofort zurückgebracht werden.« Und die Antwort des Direktors: »Dies ist bedauerlich, aber wir müssen den blinden Passagier der Bundesregierung in Bonn überstellen. Wenn seine Angaben der Wahrheit entsprechen, wird ihm Asyl gewährt.«

Sie betrachtete ihre Hand, die Joe geküßt hatte, bevor man ihn in Gewahrsam nahm.

»Sie haben mir mein Leben, meine Zukunft geschenkt«, hatte er dabei gesagt.

Die Tür öffnete sich, und Charley Wright kam herein, gefolgt von Tom. »Na, das wäre erledigt.«

Er fixierte Carol. »Sind Sie richtig stolz auf sich? Kommen Sie sich als echte Heldin vor und lauern schon auf die Schlagzeilen in den Morgenzeitungen? ›Stewardeß versteckt blinden Passagier auf dramatischem Flug von Danubia.‹ Daß Northern in Danubia die Flugverkehrsrechte entzogen werden und Ihretwegen etliche Millionen Dollar Verluste entstehen, das werden die Zeitungen nicht drucken. Was Sie betrifft, Carol, Sie können kostenlos nach Hause fliegen, es wird eine Anhörung in New York geben, aber — Sie sind entlassen.«

»Damit habe ich gerechnet. Aber Sie müssen sich darüber im klaren sein, daß Tom nichts von dem blinden Passagier wußte.«

»Ein Captain muß darüber Bescheid wissen, was in seiner Maschine vor sich geht, das gehört zu seinen Aufgaben«, konterte Charley. »Tom wird wahrscheinlich mit einem strengen Rüffel davonkommen, wenn er keine heroischen Anwandlungen kriegt und versucht, die Verantwortung auf sich zu nehmen. Aus der Gerüchteküche hörte ich, daß er schon mal für Sie in die Bresche gesprungen ist.«

»Das stimmt«, entgegnete Carol. »Voriges Jahr hat er für mich die Schuld auf sich genommen, und ich hatte nicht einmal soviel Anstand, ihm dafür zu danken.« Sie blickte in Toms seltsam unergründliches Gesicht. »Tom, voriges Jahr waren Sie wütend auf mich, und das mit Recht. Ich war im Unrecht, auf der ganzen Linie. Diesmal tut's mir ehrlich leid, wenn Sie deswegen Ärger kriegen, aber ich konnte nicht anders handeln.«

Sie kämpfte mit den Tränen, als sie sich Charley zuwandte: »Wenn Sie fertig sind, geh ich jetzt ins Hotel. Ich bin todmüde.«

Er sah sie mitfühlend an. »Carol, inoffiziell kann ich verstehen, was Sie getan haben. Offiziell ...«

Sie lächelte mühsam. »Gute Nacht.« Sie verließ das Büro und begann die Treppe hinunterzugehen.

Tom holte sie auf dem Absatz ein. »Hör zu, Carol,

laß uns die Dinge klarstellen — ich bin froh, daß der Junge durchgekommen ist. Du wärst nicht die Frau, die ich liebe, wenn du ihn diesen Bestien ausgeliefert hättest.«

Die Frau, die ich liebe …

»Aber Gott sei Dank wirst du nicht mehr in meiner Maschine fliegen. Ich hätte keine ruhige Minute mehr, wenn ich mich im Cockpit dauernd fragen müßte, was wohl in der Kabine vor sich geht.« Er schloß sie in die Arme.

»Aber wenn du nicht mehr bei mir in der Maschine bist, hätte ich's gern, daß du mich vom Flugplatz abholst. Du kannst dann Spione, Hunde und was dir sonst noch einfällt, auf dem Rücksitz verstecken. Carol, ich will dich damit bitten, mich zu heiraten.«

Carol sah ihn an, diesen hochgewachsenen, attraktiven Mann, dessen Augen voller Zärtlichkeit auf sie gerichtet waren. Dann fühlte sie seine Lippen warm auf den ihren, hörte ihn wieder die Worte sagen, nach denen sie sich seit langem gesehnt hatte: »Ich liebe dich, Carol.«

Im Warteraum des Terminals herrschten Halbdunkel und Stille. Nach einem kurzen Augenblick gingen sie die Treppe hinunter, das Echo ihrer Schritte hallte weithin.

Ein Routineflug

Wo mochte Dick bloß stecken? Jen nahm die Dienstmütze ab und strich sich die feuchten braunen Locken aus der Stirn. Die Aprilsonne schien hell und klar; das grüne Wasser plätscherte ans Ufer, aber es war heiß!

Für Hochzeitsreisende mögen die Bermudas ja das Paradies sein, dachte sie; aber für Stewardessen, die den Flug hierher ab New York betreuten, den sechzig Passagieren zum Lunch drei Gänge servierten, fünfzig Minuten in Kindley Field hockten und auf dem Rückflug ein warmes Dinner zubereiteten, waren die Bermudas nichts weiter als ein Routineflug.

Warum hatte Dick in der Verwaltung angerufen und sich vergewissert, daß sie nicht anderweitig eingesetzt worden war? Düstere Vorahnungen, die so gar nicht zu dem strahlenden Sonnenschein paßten, erfüllten sie. Sie ließen sich nicht beiseite schieben, auch nicht durch den Gedanken an ihren ersten Flug auf die Bermudas vor einem Monat, auf dem Dick der einzige ledige Passagier gewesen war. Er hatte sich über seine Zeitung beschwert, für die er hier eine Artikelserie über das »Flitterwochen-Paradies« schreiben sollte, und sie hatte sich beklagt, daß sie einen Monat lang für diese Route eingeteilt war. Am nächsten Tag hatte er ihre Maschine am Flughafen erwartet, und seitdem war er tagtäglich pünktlich zur Stelle gewesen.

Doch dies war ihr letzter Flug auf die Bermudas;

und nächste Woche hatte Dick seine Arbeit abgeschlossen — er kehrte nach New York zurück —, und sie könnten ein paar hübsche Abende miteinander verbringen, eine wohlverdiente Entschädigung für all die Stunden auf dem überfüllten Kindley Field.

Was hatte Dick tags zuvor mit dieser Andeutung gemeint, er glaube auf eine echte Sensation gestoßen zu sein?

Sie spürte eine Hand auf ihrer Schulter, drehte sich um und lag in Dicks Armen. Sein Kuß war drängend, kurz und leidenschaftlich. »Jen, Darling.« Zum erstenmal hatte er sie Darling genannt, doch das erschien ihr richtig und selbsverständlich. »Hör jetzt genau zu und merk dir jedes Wort.« Er gab ihr eine zusammengerollte Zeitschrift. »Steck das in deine Handtasche und bring's heut abend zu meiner Zeitung. Fahr in den fünften Stock und frag nach Bill Ryan, dem Nachtredakteur.«

»Bill Ryan, fünfter Stock«, wiederholte Jen.

»Aber ...«

Dick unterbrach sie. »Ich erkundige mich bei der Zentrale. Wenn ich erfahre, daß dein Flug gelandet ist, rufe ich fünfzehn Minuten später Ryan an und sage ihm Bescheid. Ich bringe dich damit in Gefahr, Jen, aber ich kann's nicht ändern.«

»Was für eine Gefahr, Dick?«

Er zögerte. »Du hast ein Recht darauf, es zu wissen, Jen. Erinnerst du dich noch an den Flugzeugträger, der am Ende des Koreakrieges verschwand? Die Zeitungen waren voll davon.«

Jen nickte ernst. »Ein Junge, den ich kannte, war dabei.«

»Dabei handelte es sich um einen Sabotageakt. Aber über siebenhundert Männer sind davongekommen und wurden gefangengenommen. Ihre Namen, Erkennungsnummern und die Gefangenenlager, in die sie gebracht wurden, sind auf in der Zeitschrift versteckten Listen verzeichnet. Die Gegenseite würde alles tun, um zu verhindern, daß diese Liste veröffentlicht wird.«

Aus dem Lautsprecher ertönte die klare, präzise britische Stimme, die Hektik nicht zu kennen schien, und bat alle Passagiere des Direktflugs 401 der Federal Airlines nach Idlewild, sich zum Flugsteig 2 zu begeben.

Die Durchsage gewährte Jen eine kurze Denkpause. Wie Dick sich die Listen verschafft hatte, wußte sie nicht, aber offensichtlich war jemand darüber im Bilde — sonst hätte er sie ja selbst nach New York mitgenommen. »Glaubst du, daß man dich verfolgt hat?« flüsterte sie.

Dick begleitete sie zum Flugsteig. »Vielleicht habe ich den Wagen abgehängt, der mir gefolgt ist, aber ich weiß nicht, wie viele von denen wissen, daß ich diese Informationen hier habe. Ich habe den Nachtflug nach New York gebucht, um sie abzuschütteln.«

Sie blieben am Flugsteig stehen. Dick küßte sie rasch, holte dann aus seiner Reisetasche einen Ring. »Kann sein, Jen, daß sie irgendwie versuchen, mich zu filzen. Eigentlich wollte ich dir den in New York geben, aber nimm ihn lieber jetzt. Bei dir ist er sicherer.«

Jen betrachtete den schmalen Platinreif mit dem Diamantsolitär. Ein Verlobungsring, fünf Minuten zu spät. Als Dick ihr die Listen anvertraute, hatte er ihr damit gesagt, daß er sie liebte und sie brauchte. »In ein paar Tagen mache ich dir einen förmlichen Antrag«, versprach er. Sie steckte den Ring in eine Innentasche ihrer Uniformjacke, legte ihm die Hand auf die Schulter, küßte ihn, sauste dann über das Rollfeld, die Gangway hinauf und ins Flugzeug.

Allan Bates, der Chefsteward, stand bereit, die Tür zu schließen. »Na endlich, Jen«, fuhr er sie an. »Captain Evans tobt. Wir haben zwei Minuten Verspätung. Du übernimmst die Durchsage, und ich mache meine Meldung. Laß dich lieber nicht in der Nähe vom Cockpit blicken, bis der Captain sich wieder abgeregt hat.«

Jen holte tief Luft, rückte die Mütze gerade und schaltete das Mikrofon ein. »Guten Tag, meine Damen und Herren, willkommen an Bord. Wir fliegen ohne Zwischenlandung nach Idlewild Airport. Die Flugdauer wird voraussichtlich drei Stunden und fünfundzwanzig Minuten betragen. Bitte schnallen Sie sich an und rauchen Sie nicht, bis der Hinweis über der Tür zur Küche erlischt. Wenn Sie etwas brauchen, drücken Sie bitte auf den Knopf an Ihrem Sitz — und nun wünsche ich Ihnen einen angenehmen Flug.«

Sie schaltete das Mikrofon aus, entfernte das Schild von dem für das Begleitpersonal reservierten Platz und setzte sich. Allan ließ sich kurz vor dem Start neben ihr nieder. Er schaute aus dem Fenster, als Jen den Kopf zurücklehnte und die Augen schloß.

Ihre Umhängetasche scheuerte an den Rippen; sie versuchte das etwas zu beheben und überlegte, daß sie die Tasche schleunigst irgendwo verstecken müßte. Sie hatte noch Dicks Warnung im Ohr, daß sie vielleicht verfolgt würde, und tippte Allan leicht an. Er wandte sich vom Fenster ab und beugte sich zu ihr herüber, um ihre Frage mitzubekommen.

»Hat kurz vor dem Start noch jemand gebucht?«

Allan nickte. »Der Kollege hat mir zuerst eine Liste mit acht Namen gegeben. Dreißig Sekunden später rückte er mit einer um drei Passagiere ergänzten raus.« Er griff in die Tasche. »Hier ist eine Kopie.«

Jen überflog das Blatt in Windeseile. Zwei Mr. und Mrs. Das dürften die beiden Hochzeitsreisepärchen vorne sein. Vier Frauennamen. Vermutlich die vier Freundinnen, die zusammen reisten und ihr im Flughafen von der wunderschönen Zeit auf den Bermudas vorgeschwärmt hatten. Und da standen sie — die drei letzten Namen: Hastings, Walter, Platz sechs; Clinton, Andrew, Platz neun; Carlson, August, Platz achtzehn. Jen schloß die Augen. Wenn Dick beschattet worden war, könnte jemand gesehen haben, wie er ihr die Zeitschrift zusteckte. Jemand könnte in letzter Minute den Flug gebucht haben, um ihr die Listen wieder abzunehmen. Aber wer?

Allan zupfte sie am Arm. »Die Zeichen sind abgeschaltet, Jen. Wie wär's, wenn du dem Captain 'ne Tasse Kaffee bringst? Ich verteile derweil die Zeitungen.«

Jen ging nach vorn in die Küche und machte die Tür zur Kabine sorgfältig hinter sich zu. In diesem winzigen Raum zwischen Kabine und Cockpit konnte sie in Ruhe kurz nachdenken. Wenn sie ihre Tasche hier versteckte, konnte kein Passagier herankommen, ohne sofort bemerkt zu werden. Wenn sie dann die Zubereitung des Dinners und Allan das Servieren übernahm, hätte sie fast während des ganzen Fluges die Möglichkeit, die Tasche im Auge zu behalten. Trotzdem sollte sie sich ein gutes Versteck dafür suchen, falls sich doch jemand heranschleichen und nach der Tasche fahnden sollte. Die Wandschränke für die Lebensmittel wären zu naheliegend, kamen also nicht in Frage. Sie bückte sich und machte die Tür des schmalen dunklen Eisschranks auf.

Im untersten Fach, fast auf gleicher Höhe mit dem Fußboden, waren verschiedene Salate aufgereiht. Behutsam jonglierte sie die Tasche darüber hinweg und zwängte sie hinten ins Fach.

Befriedigt, sie außer Sicht gebracht zu haben, richtete sie sich auf und schloß die Kühlschranktür. Ihre Zufriedenheit verflog, als sie feststellte, daß sie wohl einen der Salate gestreift und sich dabei einen häßlichen Ölfleck am Ärmel eingehandelt hatte. Sie betupfte ihn mit einer Papierserviette, was es nur schlimmer machte, und beschloß, nicht mehr daran zu denken. Ihr fiel ein, daß der Captain immer noch auf seinen Kaffee wartete, sie holte eine Tasse heraus, betätigte die Maschine, warf zwei Stück Zucker hinein und ging ins Cockpit.

»Heiß, süß und schwarz, Captain«, sagte sie, um einen leichten Tonfall bemüht.

Evans reagierte nicht. Er fixierte sie; sein sonst so freundliches Gesicht war unbewegt, die Augen blieben kalt. »Ich fliege seit zwanzig Jahren, Jen, und eins habe ich nie durchgehen lassen — daß einer von meiner Crew den Start verzögert. Tut mir leid, aber ich werde darüber schriftlich Meldung machen. Wenn das vorhin auf dem Flugplatz Ihr Freund war, so macht er einen netten Eindruck, aber was er Ihnen auch zu sagen hatte, es war bestimmt nicht wichtig genug, um die Maschine aufzuhalten.«

Es war wichtig genug, dachte Jen, entgegnete jedoch: »Entschuldigung, Sir. Ich hab' nicht auf die Zeit geachtet.«

Als sie zurückkam, mixte Allan in der Küche Cocktails. Er drückte ihr den kleinen Notizblock, auf den er die Bestellungen gekritzelt hatte, in die Hand. »Könntest du das bitte zu Ende machen? Ich geh' dann wieder rein und versuche, ein bißchen Papierkram zu erledigen.«

Jen nickte. Bei der Zubereitung der Cocktails hatte sie Gelegenheit, die Küche im Auge zu behalten, und beim Servieren konnte sie dann die Passagiere unter die Lupe nehmen. Vor allem die Spätbuchungen.

Sie machte die Drinks fertig, brachte sie in die Kabine und warf einen Blick auf Allans Notizen. Sie beugte sich zu den Hochzeitsreisenden in der ersten Reihe hinunter und hielt ihnen das Tablett hin. »Ich glaube, Sie wollten Daiquiris.«

Sie waren in ein leises, ernstes Gespräch vertieft und blickten verdutzt hoch. »Ach ja, vielen Dank.« Die junge Frau streckte die Hand aus, errötete und zog sie wieder zurück, als ihr Mann zwei Gläser vom Tablett nahm und ihr eins mit einer leichten Verbeugung reichte.

Jen lächelte. Die Bermudas waren vielleicht nicht das Schlechteste, wenn man Cocktails im Flugzeug trinken konnte und sie nicht servieren mußte, und wenn man mit einem frischgebackenen Ehemann Händchen haltend dasaß. Ein nett aussehender Junge, dachte sie, aber Dick mit seinem lockigen braunen

Haar, dem unbekümmerten Lächeln und dem heiteren, gelassenen Auftreten war wesentlich attraktiver.

Jemand klopfte ihr auf die Schulter und riß sie aus ihren verliebten Träumereien. Der erste Offizier stand neben ihr. »Der Captain sagt, Sie sollen die Passagiere zur Besichtigung der Kanzel schicken, Jen.«

Sie starrte ihn entgeistert an. Sie hatte völlig vergessen, daß Captain Evans die Passagiere jedesmal nach vorn bat. Jetzt würde jeder Fluggast durch die Küche gehen. Aber wenn sie die Cocktails schnellstens servierte und sich dann gleich an die Vorbereitungen für das Dinner machte, könnte sie die Handtasche bewachen, während die Passagiere die Küche passierten.

Die Hochzeitsreisenden standen eilfertig auf. »Könnten wir als erste gehen?« fragte der junge Ehemann.

Der erste Offizier antwortete für Jen. »Klar, kommen Sie mit.« Er steuerte auf die Küche zu, gefolgt von den beiden.

Jen verteilte die restlichen Drinks in Windeseile. Ihre Nerven vibrierten alarmiert — sie mußte zurück in die Küche.

Die vier gemeinsam reisenden Frauen nahmen die Cocktails und bedankten sich überschwenglich. Endlich war das Tablett leer. Jen klemmte es sich unter den Arm und setzte sich in Bewegung, als Allan nach ihr rief. Sie ging nach hinten, wo er an dem kleinen Klappbrett arbeitete, das ihm als Schreibtisch diente. »Ich kann die zusätzlichen Zollerklärungen nicht finden, Jen. Sie sind nicht in der Aktenmappe.«

Jen stellte das Tablett ab und beugte sich über die

Aktentasche. »Sie waren in diesem Fach hier, als wir herkamen.« Sie suchte wie besessen, denn sie wußte, daß Allan nicht ruhen würde, bis die Erklärungen gefunden waren. Die Hochzeitsreisenden waren zurück, und der erste Offizier machte sich mit dem anderen jungen Paar auf den Weg zum Cockpit. Beim nächstenmal würde er die drei einzelnen Männer mitnehmen. Ungeduldig kippte Jen sämtliche Papiere aus der Aktenmappe und sah sie fieberhaft durch. Die Zollerklärungen waren nicht dabei. Sie begann die Unterlagen zurückzustopfen, doch Allan gebot ihr scharf Einhalt: »Laß das, Jen. Leg die Papiere ordentlich zurück. Mir langt's so schon.«

Als sie alles wieder einsortiert hatte, geleitete der erste Offizier das zweite junge Paar zurück. Sie beobachtete mit angehaltenem Atem, wie er die drei Nachzügler aufforderte, mit ihm ins Cockpit zu gehen.

Sie musterte Allans mürrisches Gesicht und traute sich nicht, ihn allein zu lassen. Ihre Blicke trafen sich. »Kannst du mal in meinem Mantel nachsehen? Vielleicht hab' ich sie eingesteckt.«

Jen hastete zum Wandschrank, suchte und fand Allans Mantel, inspizierte sämtliche Taschen. Die vermißten Papiere steckten in der Innentasche. Sie warf sie ihm in den Schoß. »Da sind sie.«

»Ein Segen. Lies mir schnell mal die Passagierliste vor, damit ich sehe, ob ich alle Erklärungen habe. Dann können wir mit dem Dinner anfangen.«

Jen gehorchte, obwohl sie ihn am liebsten erwürgt hätte. Als sie endlich fertig war, kamen die vier Frauen vom Cockpit zurück. Mittlerweile war jeder Passagier durch die Küche gegangen.

Als Jen durch den Gang sauste, wurde sie von einer der Frauen angehalten. »Ist das nicht etwas leichtsinnig, Miß, sämtliche Türen in der Küche offenstehen zu lassen? Ich hab' mir den Strumpf am Kühlschrankgriff zerrissen.«

Jen starrte sie an, stürzte weiter in die Küche und knallte die Tür zur Kabine zu. Ein Chaos empfing sie. Alle Schranktüren waren offen, Lebensmittel waren in den Ausguß gefallen — und die Handtasche, die sie im Kühlschrank versteckt hatte, lag auf der Arbeitsplatte. Sie brauchte gar nicht hineinzuschauen, um sich zu überzeugen, daß die Zeitschrift mit den Listen verschwunden war.

Sie wankte, ihr war speiübel, als sie die Tasche abtastete und nachzudenken versuchte. Jemand hatte es geschafft, die Küche in größter Hast zu durchsuchen, und die Tasche im Kühlschrank gefunden. Der Betreffende, wer immer es gewesen war, wußte, daß sie den Verlust der Papiere entdecken mußte, und würde alles daransetzen, nur ja keinen Verdacht zu erregen.

Mechanisch begann sie, die Küche aufzuräumen, zog dann die Ergänzungsliste aus der Tasche. Es mußte einer von den drei Nachzüglern sein, Walter Hastings, Andrew Clinton oder August Carlson. Vielleicht hatte Bill, der erste Offizier, gemerkt, daß einer der drei ihm nicht gleich ins Cockpit gefolgt war.

Der Flug wurde stürmischer. Jen hielt sich am Tisch des Navigationsoffiziers fest. Bill verließ gerade seinen Platz im Cockpit. Er lächelte ihr zu. »War kaum der Mühe wert, die Leute für die Minute herzulotsen. Der Captain kriegte 'ne Durchsage, daß wir 'ne

Schlechtwetterzone anfliegen, und hat mich angewiesen, sie fix durchzuschleusen. Ich fürchte, ich hab's übertrieben. Beim letztenmal hab' ich die Männer hiergelassen und rasch die vier Frauen geholt. In der Küche sind dann beide Gruppen zusammengestoßen, und da haben dann wirklich nicht alle reingepaßt, das können Sie mir glauben.«

Jen wandte sich wortlos ab. Wenn Bill die Männer allein gelassen hatte, war es sinnlos, ihn zu fragen, wer von ihnen eventuell zurückgeblieben war. Sie mußte den Dieb selber ausfindig machen, und dafür hatte sie nur wenig Zeit. Das Flugzeug geriet in Schräglage, und sie stemmte sich gegen die Tür. Sie schloß die Augen und sah Dicks Gesicht vor sich — und, noch schärfer, seinen Ausdruck, als er ihr die Zeitschrift gab: »Erinnerst du dich noch an den Flugzeugträger, der zu Ende des Koreakrieges verschwand?«

Sie unterdrückte ein Schluchzen. Du hast dieser Papiere wegen dein Leben in Gefahr gebracht, Dick, dachte sie. Du hast sie mir anvertraut, und noch nicht mal eine Stunde später habe ich sie verloren. Für die Familien dieser jungen Männer würde es am nächsten Morgen keine Schlagzeilen zu studieren geben, keine Namenslisten, die ihrer Angst und Verzweiflung ein Ende machten. Dafür hatte sie jetzt gesorgt. Aber sie *durfte* sie nicht im Stich lassen — nicht Dick, nicht all diese Menschen, nicht all diese Jungen, für die sich nach genauer Kenntnis ihrer Situation vielleicht eine Lösung finden ließ. Sie mußte die Liste zurückbekommen, und dafür blieben ihr genau zwei Stunden.

Ungeduldig wischte sie sich die Tränen aus den

Augen. Hastings, Clinton, Carlson — sie versuchte, sich den Eindruck ins Gedächtnis zurückzurufen, den sie von jedem beim Servieren der Cocktails gewonnen hatte.

Hastings auf Platz sechs — hochgewachsen, ziemlich dünn, graues Haar, Schnurrbart, Brille, ungefähr dreiundfünfzig. Er war in den Wirtschaftsteil der *Times* vertieft und hatte sie nicht gehört, als sie ihm den Drink offerierte. Dann hatte er gelacht und sich entschuldigt. »Immer wenn ich mir einen Urlaub genehmige, schaue ich keine Zeitung an, aber kaum bin ich auf der Heimreise, muß ich einfach anfangen, das Versäumte aufzuholen.« Jen erinnerte sich, daß er auf sie wie ein Geschäftsmann aus der Chefetage gewirkt hatte, mit Flugzeugen bestens vertraut.

Clinton hatte einen Manhattan bestellt, sich bei ihr bedankt und ihn rasch getrunken mit dem Kommentar: »Den kann ich brauchen. Ich hab' gerade die Nachricht bekommen, daß mein Vater letzte Nacht einen Herzanfall hatte.« Der hoffnungsvolle Sprößling aus gutem Hause, befand Jen. Sehr gut aussehend, sonnengebräunt, blond, vortrefflich angezogen — leichter blauer Anzug und kostspielige Krawatte. Er wirkte jung, etwa fünfundzwanzig, wie ein Absolvent der Ivy League, in dessen Garage ein Kombi und ein Jaguar nebeneinander geparkt sind.

Carlson, dunkelhaarig, untersetzt, ungefähr zweiundvierzig, fühlte sich anscheinend im Flugzeug nicht behaglich und erklärte schüchtern, er habe seinen Sohn besucht, der in einem Hotel auf den Bermudas arbeite.

Jen grub die Fingernägel in die geballten Fäuste bei dem Gedanken, daß alle drei völlig in Ordnung zu sein schienen und genau dem entsprachen, was sie zu sein behaupteten — Geschäftsmann, Sohn aus begütertem Hause, Lebensmittelverkäufer. Doch einer von ihnen log — wer?

Die Tür zur Kabine öffnete sich, sie trat beiseite, um Allan Platz zu machen. Nach erledigter Schreibarbeit sah er viel fröhlicher aus. »Wie wär's, Jen, wenn du die Küche übernimmst und ich das Dinner serviere? Solltest du wirklich ernste Absichten mit dem Reporter haben, könntest du ruhig schon mal lernen, wie man Mahlzeiten herzaubert. Immer nur Tabletts zu tragen bringt nichts.«

Jen überlegte blitzschnell. Sie *mußte* das Dinner servieren. Wenn sie sich die nächste Stunde oder noch länger in der Küche aufhielt, versäumte sie jede Gelegenheit, herauszufinden, wer die Zeitschrift hatte. Bei der Suche nach einer plausiblen Ausrede für Allan fiel ihr nichts Besseres ein, als Kopfschmerzen vorzuschützen. Sie rieb sich die Stirn. »Würde es dir sehr viel ausmachen, die Küche zu übernehmen, Allan? Mein Schädel zerspringt. Bei unserem nächsten gemeinsamen Flug revanchiere ich mich dann bestimmt.«

Allan musterte sie besorgt. »Klar, Kleines. Mir ist das egal. Du siehst ziemlich miesepetrig aus. Wenn du dich 'ne Weile hinlegen willst, kann ich das Essen auch allein über die Runden kriegen.«

»Ach nein — nein. Ich bin bloß mit der Küche überfordert. Aber es ist lieb von dir, das vorzuschlagen.«

Er klopfte ihr auf die Schulter. »Ich bin eben ein sehr gefälliger Typ. Außerdem hatte ich schon immer 'ne Schwäche für Brünette. Hör mal, Jen, Zeitungsreporter sind sehr unzuverlässig. Sie haben nicht halb so viel zu bieten wie Chefstewards. Oder bin ich mit meinen Ausführungen zu spät dran?«

Jen lächelte. »Es ist erstens zu spät, und zweitens meinst du's sowieso nicht ernst.«

Allan setzte seine reumütige Miene auf, und Jen wußte, was nun kommen würde. Allan hielt sich für einen Frauenkenner und den begehrenswertesten Junggesellen weit und breit. Sie mußte schleunigst abhauen.

Der Retter in der Not erschien in der Tür zum Cockpit: Bill brachte die Karte mit der eingezeichneten Flugroute. »Hier, Kinder, zeigt den Leuten, wo wir sind.«

Jen entriß ihm die Karte. »Ich mach das schon.« Sie stürmte in die Kabine, bevor Allan sie zurückhalten konnte. Sie begann bei den Hochzeitsreisenden mit dem üblichen Spruch. »Vielleicht möchten Sie einen Blick auf den Flugplan werfen. Er zeigt unseren Kurs, die Geschwindigkeit, die Flughöhe, die Windstärke. Das X markiert unsere jetzige Position.«

Sie hätte sie um Weitergabe an die Passagiere hinter ihnen bitten können: statt dessen wartete sie mit äußerster Anspannung, bis sie fertig waren und sie die Karte den drei Männern bringen konnte.

Sie gab sie Walter Hastings, dem Geschäftsmann aus der Chefetage, und beobachtete ihn nervös, während er sie durchsah. Er hatte als einziges Handgepäck eine Aktentasche dabei, die jetzt mit geöffnetem Reißverschluß neben ihm am Boden lag. Ein paar Papiere hatte er entnommen und auf dem Schoß ausgebreitet. Die Zeitschrift mit den Listen könnte sich sehr wohl in der Aktenmappe befinden, aber würde er es in dem Fall riskieren, sie offen zu lassen? Oder war er schuldig und spielte nur den Vielbeschäftigten, der sich gleich wieder in die Arbeit stürzt? Er gab ihr die Karte mit einem gemurmelten Dankeschön zurück.

Sie ging weiter zu Andrew Clinton. Er schüttelte abwehrend den Kopf, als sie ihm die Karte in die Hand drücken wollte. »Nein, vielen Dank. Ich glaube Ihnen auch so aufs Wort.« Er zündete sich eine Zigarette an und wollte ihr ebenfalls eine anbieten. Sie lehnte ab, und er nickte. »Richtig, Sie dürfen ja im Dienst nicht rauchen, stimmt's?« Er hatte blaue Augen mit kleinen braunen Punkten um die Pupille. Er war wirklich attraktiv, befand Jen; ihr gefiel sein flott geschnittener Anzug, die Hose mit der tadellosen Bügelfalte, die den heißen Nachmittag auf den Bermudas unbeschadet überstanden hatte, die makellos weißen Schuhe. Einmal hatte sie Dick seinen zerknitterten Anzug vorgeworfen und zur Antwort bekommen, gerade das gäbe ihm doch einen gewissen jungenhaften Charme.

Mit einem Ruck war sie wieder bei der Sache. Sie mußte diesen jungen Mann irgendwie prüfen, versuchen, sich ein Bild von ihm zu machen. Ihr fiel sein Vater ein, der angeblich einen Herzanfall erlitten hatte. »Sie sind doch sicher schrecklich in Sorge um Ihren Vater.«

Er nickte. »Ich werde den Gedanken nicht los, daß es nicht passiert wäre, wenn ich mich ein bißchen mehr ums Geschäft gekümmert und *er* statt dessen Urlaub genommen hätte. Aber ich sollte Sie nicht mit meinen Sorgen behelligen.«

»Das tun Sie keineswegs«, entgegnete Jen. »Versuchen Sie, nicht so viel zu grübeln. Vielleicht ist es gar nicht so schlimm, wie sich das Telegramm anhörte.«

Sie setzte ihren Rundgang fort. Wieder eine Niete, dachte sie. Der besorgte Sohn, der sich Vorwürfe macht, weil er Urlaub genommen hat, während sich sein Vater totarbeitet. Sie blickte zurück und bemerkte eine kleine Reißverschlußtasche, wie sie die Fluggesellschaft an die Passagiere ausgab, im Gepäcknetz über Andrew Clintons Platz. Sie fragte sich, wenn er die Zeitschrift hätte, würde er es dann riskieren, die Tasche dort zu deponieren? Sie schüttelte verzweifelt den Kopf. Beide, er und Hastings, wirkten so vertrauenswürdig. Vielleicht Carlson …

Sie stand vor ihm, hielt ihm die Karte hin. Der dunkelhaarige Mann in dem offenbar viel zu schweren Anzug und den blitzblank gewienerten Schuhen blickte ratlos auf die Karte, doch als sie ihm den Zweck erläuterte, griff er beflissen danach. »Mein Sohn kennt sich mit all diesen Sachen aus. Er arbeitet im Princess Hotel. Eines Tages wird er's dort zum Oberkellner bringen.« Er legte die Karte auf die Knie, zog umständlich seine Brieftasche heraus und entnahm ihr ein Foto, das eine jüngere Ausgabe von ihm zeigte. »So sieht er in der Uniform aus.«

Jen betrachtete das Foto. »Er ist Ihnen wie aus dem Gesicht geschnitten.«

Der kleine Mann reckte sich stolz. »Das sagt jeder. Er hat mir das Geld für die Reise geschickt und einen Brief dazu geschrieben.« Er holte ihn hervor. »Papa, mach den Laden dicht und komm zwei Wochen her. Hier unten ist's wie im Paradies.«

Brief und Foto wurden wieder verstaut, die Flugkarte an Jen ausgehändigt.

Abermals ein offensichtlicher Fehlschlag. Dieser Passagier hatte eine abgewetzte schwarze Tasche, die unter dem Sitz hervorragte. Vielleicht waren die Listen darin versteckt, und er spielte nur etwas penetrant den stolzen Vater; aber höchstwahrscheinlich enthielt die Tasche billige Souvenirs für seine Freunde daheim.

Sie beendete rasch ihre Runde bei den übrigen Passagieren ging dann zum Wasserbehälter und schenkte sich ein Glas ein. Die Zeit verrann. Jede Propellerdrehung brachte das Flugzeug näher nach New York, und sie hatte immer noch keinen bestimmten Verdacht, welcher von den dreien der Dieb war. Dicks Gesicht verfolgte sie. Und all diese namenlosen Menschen, deren Angehörige auf dem Flugzeugträger gewesen waren, schienen sie anklagend zu umringen.

Sie wollte losschreien: Bitte, lieber Gott, hilf mir! Sie trank das Wasser und schaute nach vorn. Allan hatte die obere Hälfte der Küchentür geöffnet, während die untere zum Abstellen der Tabletts diente.

Jen ging nach hinten, kämmte sich die Haare, zog die Lippen nach und wusch sich die Hände. Angewidert betrachtete sie den Ölfleck am Ärmel, doch dann erhellte sich ihre Miene. Sie erinnerte sich, wie vorsichtig sie hantiert hatte, als sie ihre Tasche im Kühlschrank versteckte, wie sie unbedingt vermeiden wollte, mit dem Salat in Berührung zu kommen — und trotzdem hatte sie den Fleck am Ärmel. Wer immer nach ihrer Tasche gesucht hatte, mußte sie sekundenschnell herausgeholt und die Papiere entnommen haben. Ihm war keine Zeit zur Vorsicht geblieben, so daß er sich sehr wohl auch einen Fleck am Ärmel eingehandelt haben könnte. Es war nur eine winzige Chance, ein schwacher Hoffnungsschimmer, aber der erste greifbare Hinweis, der sich bot.

Hastings, der Banker, hatte sein Jackett ausgezogen und zusammengefaltet unter die ringsum verstreuten Papiere gelegt. Gab es dafür einen Grund?

Andrew Clinton hatte ihr eine Zigarette angeboten, wobei seine linke Hand auf der Armlehne ruhte. Wußte er von dem Fleck am Ärmel, der bei seiner untadelig eleganten Erscheinung garantiert auffallen würde?

Carlson hatte die Flugkarte auf den Schoß gelegt, als er nach seiner Brieftasche angelte. Wäre es nicht viel natürlicher gewesen, sie in der einen Hand zu halten und mit der anderen die Brieftasche herauszuholen?

Jen eilte aus dem Waschraum, zog die Tür entschlossen hinter sich zu. So oder so, sie mußte unbedingt die Unterseite der Jackenärmel von allen drei Männern sehen.

Auf dem unteren Teil der Küchentür thronte ein volles Tablett. Allan hatte das Dinner fertig. Sie flitzte den Gang hinunter und schnappte sich das Tablett. Allan war nicht mehr zu Scherzen aufgelegt. Er blickte vom Herd hoch, aus dem er die dampfenden Gerichte herauszog, und fuhr sie leise an: »Was, zum Teufel, ist eigentlich mit dir los? Du weißt doch genau, daß alles zu Mus wird, wenn es abkühlt, aber du verschwindest einfach spurlos, wenn ich mit dem Dinner fertig bin.«

Jen begann unverzüglich, die Tabletts zu verteilen. Als sie zu Hastings kam, waren keine Papiere mehr zu sehen, seine Aktenmappe stand geschlossen auf seinem Sitz, und er hatte das Jackett angezogen. Er griff mit beiden Händen nach dem Tablett, und auf beiden Ärmeln war keine Spur von einem Fleck. Von Kopf bis Fuß der wohlerzogene Geschäftsmann, der ordentlich aufräumte, bevor er sich zum Dinner setzte.

Jen war erregt. Wenn ihre Vermutung stimmte, konnte sie Hastings von ihrer Liste der Verdächtigen streichen.

Andrew Clinton war der nächste. Doch als sie ihm das Tablett anbot, schüttelte er den Kopf. »Nein, vielen Dank. Ich könnte keinen Bissen runterbringen.« Jen blieb nichts anderes übrig, als das Tablett einer der vier Frauen zu reichen, die sagte: »Das sieht ja köstlich aus!«

Nun war Carlson an der Reihe. Er langte mit der rechten Hand nach dem Tablett, so daß Jen die Unterseite des Ärmels sehen konnte, die fleckenlos war. Sie wollte kehrtmachen, dann sagte sie: »Ach herrje, ich glaube, Ihr Kaffee ist übergeschwappt. Hoffentlich hat Ihr Ärmel nichts abbekommen.« Sie beugte sich herunter, zog die linke Hand hoch und untersuchte den Ärmel gründlich. Wiederum Fehlanzeige.

Sie ging nach vorn in die Küche, um der Crew das Dinner zu servieren. Wenn sie mit ihrer Vorahnung richtig lag, mußte Andrew Clinton Jr., der angeblich besorgte Sohn, die Papiere gestohlen haben. Als sie die Crew bedient hatte, stellte sie zwei Tassen dampfenden Kaffees, eine kleine Zuckerdose und ein Sahnekännchen auf ein Tablett.

Clinton schaute aus dem Fenster und drehte sich verdutzt um, als sie sich neben ihm niederließ. Mit einem unschuldigen Augenaufschlag erklärte sie lächelnd: »Ein Schluck Kaffee tut Ihnen bestimmt gut. Und vielleicht lenkt es Sie auch ein bißchen ab, wenn Sie mit jemand reden. Falls Sie nichts dagegen haben, trinke ich meinen Kaffee hier bei Ihnen.«

Ihm blieb gar nichts anderes übrig, als ihr Angebot anzunehmen. Sie registrierte, daß er vorsichtig mit der Linken nach der Tasse griff, die Rechte in den Schoß legte und Sahne und Zucker ablehnte. Entweder trinkt er ihn gern schwarz, überlegte sie, oder er möchte nicht mit der anderen Hand nach der Sahne langen.

Sie schwatzte ziellos auf ihn ein. Sie schwärmte von London — ob er schon mal dort gewesen war? Nachtflüge hatten immer etwas Aufregendes. Dann brach sie ab. »Ist das nicht eine fantastische Wolkenbank?« Er blickte auf, als sie mit der Kaffeetasse in der Hand auf den Himmel deutete. Absichtlich hielt sie die Tasse schräg, so daß ein paar Tropfen auf seine rechte Hand fielen. Fluchend zog er sie weg, ließ sie dann wieder auf sein Knie sinken — doch vorher hatte Jen den Fleck auf der Unterseite des rechten Ärmels gesehen.

Ich darf ihn nicht merken lassen, daß ich Bescheid weiß, schoß es Jen durch den Kopf; er würde eher die Papiere vernichten, als sie bei sich zu tragen, wenn er sicher wäre, daß sie ihn durchschaut hatte. Sie kümmerte sich nicht um seinen Ärmel, zog ihr Taschentuch heraus und tupfte ihm behutsam die Hand ab.

»Es tut mir schrecklich leid.« Die paar Worte atemlos zu stammeln, fiel ihr leicht. Sie sah ihm ins Gesicht. Die Augen blickten wütend, abwägend, aber als sie sich unentwegt entschuldigte, wurden sie ruhiger, besänftigt.

»Ist doch wirklich nicht der Rede wert«, sagte er. »Bitte regen Sie sich nicht so auf.«

»Sie sind furchtbar nett«, stotterte sie. »Ich bin ein Tolpatsch. Bitte lassen Sie das nicht die Fluggesellschaft entgelten.«

Auf dem Weg nach vorn begann sie die leeren Tabletts einzusammeln. Die Erleichterung, den Dieb der Unterlagen ausfindig gemacht zu haben, verflog, als ihr klar wurde, daß sie das Schlimmste noch vor sich hatte: sie zurückzubekommen. Die Zeitschrift mußte in der kleinen Tasche im Gepäcknetz über Clintons Sitz sein.

Mechanisch deponierte sie die Tabletts in der Küche und ging den nächsten Schub holen. Wenn Clinton sich sicher fühlte, könnte sie ihn vielleicht überrumpeln. Aber wie? Dick wüßte bestimmt einen Weg.

Dick — schon der Gedanke an seinen Namen war ein Lichtblick, brachte Trost. »In ein paar Tagen mache ich dir einen förmlichen Antrag«, hatte er gesagt. Ob er das auch täte, wenn sie versagt hatte, als er sie am nötigsten brauchte?

Sie brachte die letzten Tabletts in die Küche. Allan hatte inzwischen aufgeräumt und warf den Abfall in Müllbeutel. »He, Jen, hast du am Flugplatz irgendwelche Einkäufe gemacht?« erkundigte er sich, während er alles noch einmal nachpolierte. »Ich muß die Unterlagen für den Zoll fertigmachen.«

»Zoll!« Jen klammerte sich an das Wort. Gab es eine Möglichkeit, die Zeitschrift beim Zoll zurückzubekommen? Das war die einzige Stelle, wo Clinton seine Tasche öffnen mußte. Wie könnte sie es deichseln, daß sie ihn dort festhielten? Sie dachte an den Ring, den Dick ihr gegeben hatte. Er hatte offenbar nicht daran gedacht, daß sie ihn deklarieren mußte. Allan sollte nichts von einem Verlobungsring erfahren — er würde das garantiert der Crew weitererzählen, und das konnte sie jetzt wirklich nicht brauchen.

»Ich hab' was mitgenommen«, informierte sie ihn. »Laß mir bitte das Formular da, ja?«

»Klar.« Allan zog eins aus der Tasche. »Aber wie du zwei Tage vor Ultimo noch Einkäufe machen kannst, ist mir schleierhaft.«

Jen ging zurück in die Kabine, setzte sich und begann das Formular auszufüllen.

›Ein Diamantring, Wert ...‹ Sie hielt inne. Sie hatte keine Ahnung, was der Ring gekostet haben mochte und besaß auch keinerlei Quittung. Wenn sie das zu erklären versuchte, würde sie vermutlich in die Klemme geraten.

Eine Idee nahm allmählich Gestalt an, so daß sie den Füller weglegte und das Formular zerriß. Es war weit hergeholt, eine winzige Chance, die einzige. Sie ging nach hinten zur Kleiderablage und suchte einen leichten Trenchcoat heraus, der mit einer ›9‹ markiert war. Andrew Clintons Mantel. Langsam nahm sie ihn heraus.

Sie war gerade fertig, als der Summer ertönte. Ein Glas Wasser für eine der Damen, dann noch eins. Allan kam aus der Küche zurück. »Noch fünf Minuten, Jen. Fang lieber schon an, die Mäntel auszugeben.«

Sie verteilte sie wie betäubt, versuchte verzweifelt, sich auf die nächsten Schritte zu konzentrieren. Sie mußte sie zeitlich genau koordinieren. Eine falsche Geste Clinton gegenüber, und sie hätte verspielt. Wieder sehnte sie Dick herbei. Er könnte das Ganze so viel besser handhaben. »Jen, Darling.« Würde er das jemals wieder sagen, wenn sie ihn jetzt enttäuschte?

Sie gab die kurzen, gerade geschnittenen Mäntel an die Frauen aus, einen hellen Staubmantel an Hastings, den hellbraunen Trenchcoat an Andrew Clinton. Sie stand vor ihm, ließ den zusammengefalteten Mantel rasch auf den leeren Platz neben ihm fallen. Die Tasche hatte er fest unter den Arm geklemmt, registrierte sie.

»Was macht Ihre Hand, Mr. Clinton?« erkundigte sie sich. »Tut sie weh?«

»Kein bißchen. Sie waren wirklich sehr freundlich. Allmählich fange ich an zu glauben, daß mein Vater wieder gesund wird.«

»Das freut mich. Nichts ist schrecklicher als Ungewißheit, finden Sie nicht?« Sie biß sich auf die Lippen wegen dieser doppelsinnigen Bemerkung.

›Bitte anschnallen!‹ — signalisierte die Leuchtschrift. Tief unten funkelten die Lichter von New York, die vertraute Silhouette hieß sie willkommen. Jen schaltete das Mikrofon ein.

»Bitte schnallen Sie Ihren Sitzgurt fest und machen Sie Ihre Zigaretten aus. Wir hoffen, Sie hatten einen angenehmen Flug, und würden uns freuen, Sie bald wieder an Bord begrüßen zu können.«

Sie ließ sich neben Allan nieder. Noch zehn Minuten und dann wüßte sie, ob die Angehörigen am nächsten Morgen etwas über das Schicksal der Jungen erfahren würden.

Allan gab ihr einen Stups. »Gehen wir, Kindchen. Und darf ich mir die Bemerkung erlauben, daß unser letzter gemeinsamer Flug auf dieser Route ein reiner Horrortrip war? Du warst die ganze Zeit geistig weggetreten.«

Er öffnete die Außentür, und der scharfe Aprilwind blies herein, machte den warmen Sonnenschein auf den Bermudas zur fernen Erinnerung. Jen geleitete die Passagiere über die Gangway und das Rollfeld.

Der Raum der Zollabfertigung war hell, karg und leer, bis auf die müden, gelangweilten Männer hinter dem Schreibtisch. Sie warfen kaum einen Blick auf das Gepäck der Crew und winkten sie weiter. Jen gab ein leeres Formular ab, trat einen Schritt zurück, zog sich umständlich den Mantel an, setzte den Hut auf und verzögerte ihren Abgang auf jede mögliche Weise.

Hastings war der erste Passagier, der abgefertigt wurde. Der Zollbeamte machte seinen Koffer auf, inspizierte den Inhalt oberflächlich und schloß ihn wieder.

Andrew Clinton kam als nächster. Ein Seitenblick streifte Jen, dann lächelte er den Zollbeamten an. »Ich habe nur einmal Wäsche zum Wechseln und mein Rasierzeug dabei. Ich wurde wegen einer Erkrankung zurückgerufen. Mein Gepäck wird nachgeschickt.«

Der Inspektor öffnete den Reißverschluß und leerte die Tasche. Ein Rasierapparat landete auf dem Tisch, gefolgt von einer Zeitschrift. Jen starrte auf das Magazin. Clinton deckte es mit einer nonchalanten Handbewegung zu. Jetzt mußte sie in Aktion treten.

»Warum erwähnen Sie den Diamantring in Ihrem Mantelfutter mit keinem Wort, Mr. Clinton?« fragte sie.

Er fuhr herum, sein Gesicht war feuerrot. »Was für ein Diamantring?«

Der Zollinspektor sah gar nicht mehr gelangweilt drein. Er fixierte Clinton scharf, dann Jen. Sie blickte ihn offen an. »Ich habe Mr. Clinton diese Zeitschrift geliehen«, erklärte sie. »Von denen, die wir an Bord hatten, interessierte ihn keine. Als ich sie mir zurückholen wollte, sah ich ihn einen Diamantring betrachten. Ich wußte, daß er ihn nicht deklariert hatte, und beobachtete, wie er mit seinem Rasierer ein Loch in die Tasche seines Regenmantels schlitzte und den Ring ins Futter steckte.«

Clinton hatte die Hand von der Zeitschrift genommen. Jen schnappte sie sich, während die Zollbeamten ihn in Schach hielten. Sie machte kehrt und stürzte hinaus, als sie einen sagen hörte: »Sachte, Junge, lassen Sie Ihre Wut nicht an dem Mädchen aus. Sie müßten doch eigentlich wissen, daß es nichts bringt, wenn man den Zoll zu betrügen versucht.«

Der Fahrstuhl im Globe-Gebäude hielt im fünften Stock. Jen stieg aus und wurde an den Schultern gepackt. Ein Mann mit eisengrauem Haar und rotem, angstgequältem Gesicht musterte sie. »Haben Sie die Liste?«

Sie nickte schwach. Er ließ die Hände sinken und ergriff die Zeitschrift, die sie ihm hinhielt. »Gott sei Dank. Dick ist am Telefon. Seit einer halben Stunde blockiert er die Leitung, krank vor Sorge. Es steht fest, daß man Ihnen gefolgt ist, sagte er. Hatten Sie Schwierigkeiten?«

»Ist Dick noch am Apparat?« fragte Jen.

Er zeigte auf ein Telefon, dessen Hörer auf dem Schreibtisch lag. »Da drüben.« Er sauste inzwischen zu einem Botenjungen. »Sag Charlie, die beiden ersten Seiten werden neu gesetzt!«

Jen nahm schwach den Hörer auf, flüsterte Dicks Namen. Von weit her antwortete seine Stimme: »Jen, Darling, in meinem ganzen Leben hab' ich noch nie solche Angst ausgestanden. Bist du in Ordnung?«

»Es war ziemlich schlimm, aber alles ist gut ausgegangen, Dick. Ich hab' deinem Chefredakteur die Listen gegeben.«

Über ein paar tausend Kilometer hinweg hörte sie ihn tief aufseufzen. »Darling, steck den Ring jetzt gleich an«, sagte er. »Du kriegst keinen formellen Heiratsantrag und keine Chance, ihn zurückzugeben.«

Der Ring — ein blau-weißes Funkeln. Jen spürte heiße Tränen auf den Wangen. »Dick, ich hab' den Ring verloren. Es war die einzige Möglichkeit. Entweder die Listen oder das.«

Der Hörer wurde ihr aus der Hand genommen. Der Chefredakteur sprach in die Muschel.

»Spring in die nächste Maschine, Dick. Wir gehen dann alle zusammen einen neuen kaufen.«

Schönheitswettbewerb im Buckingham-Palast

Sir Winston saß geduldig auf der Sonnenterrasse seiner Villa an der Riviera und wartete, daß der ehrerbietige Reporter ihm vis-à-vis beginnen würde, ihn über den soeben erschienenen sechsten Band seiner Memoiren zu befragen, der die letzten vierzig Jahre des 20. Jahrhunderts umfaßte.

Ihm war ein wenig kalt, und er drehte am Knopf seines Sessels, wodurch die Sonnenstrahlen stärker in seine Richtung gelenkt wurden. »Die Idee stammt von der sogenannten Heizdecke«, erklärte er dem Reporter. »Ach, Unsinn, wahrscheinlich ist Ihnen auch das kein Begriff.« Er kaute an seiner Zigarre, überlegte, daß man mit 146 Jahren darauf achten mußte, nicht auf Ereignisse oder Gegenstände zu verweisen, die mehr als zwei Generationen zurückdatierten. Sonst dachten die Leute womöglich, man wäre nicht mehr auf der Höhe der Zeit.

»Sir Winston«, sagte der Reporter und zückte den Bleistift, »ich habe jeden Band Ihrer Memoiren gelesen, bis auf den neuen. Wenn Sie nun auf Ihr langes, erfülltes Leben zurückblicken, welchen Moment halten Sie für Ihre größte Bewährungsprobe? Wann traten Ihrer Meinung nach Ihre Führungsqualitäten und Ihr taktisches Geschick am deutlichsten in Erscheinung? War es während Englands Sternstunden im Zweiten Weltkrieg? Oder vielleicht, als Sie den Streit zwischen Rußland und den Vereinigten Staaten schlichteten, die sich wegen der Mondrückseite partout nicht einigen konnten? Oder …«

Sir Winston hob langsam die Hand. »Mein Sohn, keine dieser schrecklichen Zeiten hat mein Blut so erstarren lassen wie jene Nacht anno 1961, in der die exklusivste Schönheitskonkurrenz des 20. Jahrhunderts stattfand.«

Er trank einen Schluck Brandy, der Gedanke daran machte ihn schaudern. »Das war während der ersten Regierungszeit von Elizabeth II.«, sagte er. »Jacqueline Kennedy saß in den Vereinigten Staaten im Weißen Haus — als First Lady natürlich, nicht als Präsidentin. Die erste Präsidentenwahl, bei der eine Frau gewann, fand erst fast ein Vierteljahrhundert später statt. Fabiola von Belgien war jung verheiratet. Fürstin Gracia Patricia von Monaco war für ihre Schönheit berühmt. Sirikit von Thailand und Farah Diba aus dem Iran — na ja, irgend jemand äußerte die Ansicht, Schönheit sei völkerverbindend, und schlug auf dieser Basis ein internationales Treffen vor, und aus alldem entwickelte sich ein Schönheitswettbewerb zwischen den genannten Damen. Als Richter fungierten Chruschtschow aus der Sowjetunion, Nehru aus Indien und de Gaulle aus Frankreich. Ich spürte es in den Knochen, daß das ein halsbrecherischer Drahtseilakt würde, aber niemand glaubte mir; und da diese Damen in Begleitung ihrer Ehemänner erscheinen sollten, bot sich obendrein die Gelegenheit zu einem inoffiziellen Gipfeltreffen.«

Er griff wieder zum Brandy. »Also wurde als erster Preis eine Medaille angefertigt — eine Miniaturweltkarte, die Ländergrenzen mit Edelsteinen markiert — Schätzwert eine Million Pfund. Ich war Zeremonienmeister, und die *Times* titulierte mich ›Sir

Bert Parks‹ — den Grund dafür habe ich nie herausgefunden. Jemand hatte eine schauderhafte Hymne für die Siegerin komponiert. Nach monatelangen Vorbereitungen war alles fertig. Der Ballsaal im Bukkingham-Palast war hergerichtet. Einladungen wurden an die *crème de la crème* verschickt, und die Teilnehmer kamen in ihren Jets angeflogen. Und was Jets eigentlich sind, wissen Sie vermutlich auch nicht mehr.«

Sir Winston lehnte sich im Sessel zurück und schloß die Augen. »Es kommt mir vor, als wär's gestern gewesen«, sagte er.

Der Reporter wartete respektvoll. Er war natürlich genau im Bilde über den Schönheitswettbewerb. Er hatte Bände darüber gelesen. Wer nicht? Es galt als Sir Winstons Meisterstück.

Die Teilnehmerinnen standen in den Seitenflügeln bereit, um dann den überfüllten Ballsaal zu durchqueren. Die versammelten Damen trugen Haute-Couture-Modelle und Diademe, bei den Herren galt Frackzwang. Der große Saal war reich mit Blumen dekoriert. Als Sir Winston die erste Teilnehmerin ankündigte, intonierte das Orchester die ersten Takte von *Glanz und Glorie.* Das Publikum applaudierte nicht. Es verneigte sich.

Im schimmernden aprikosenfarbenen Satinkleid, an ihrem weißen Hals, den schlanken Händen und im kastanienbraunen Haar funkelnde Juwelen im Wert von einer Million Dollar, schritt sie durch den Raum — Ihre Majestät Elizabeth II. von Gottes Gnaden, Königin von Großbritannien und Nordirland, Oberhaupt des Commonwealth, Verteidigerin des

Glaubens. Sie lächelte dem Publikum verwirrt zu, grüßte mit der gewohnten Geste und nahm ihren Platz auf dem Podium ein.

Sie nahm zum erstenmal an einer Schönheitskonkurrenz teil und verbarg ihre Nervosität hinter der königlichen Fassade; dennoch stellte sie sich die Frage, ob es ihr wohl gelingen würde, der stattlichen Reihe ihrer Titel einen weiteren hinzuzufügen — »schönste First Lady der Welt«. Natürlich trat sie gegen so beachtliche Konkurrentinnen an wie Gracia Patricia von Monaco, Jackie aus den Kolonien, Sirikit von Thailand, Farah Diba aus dem Iran und Fabiola von Belgien. Aber andererseits hatte sie einen weiten Weg zurückgelegt von jener eingeschüchterten Braut, die ihre ausladenden Formen irgendwie in das brave lavendelblaue Reisekostüm zwängen mußte, eine Kreation von Norman Hartnell. Der liebe Norman. Er muß nicht ganz bei Sinnen gewesen sein, als er diese Farbe vorschlug, sie hatte keineswegs wie die Erbin des Empire ausgesehen, sondern wie das ramponierte Empire selbst.

Sie warf einen raschen Blick auf die erste Reihe, wo die bedeutendsten Würdenträger placiert waren. Philip lächelte. Seine Augen hatten einen zufriedenen Ausdruck, also mußte sie optimal aussehen. Sie hatte ihm beinahe verziehen, wie er sie an jenem Tag, kurz nach der Geburt von Charles, so merkwürdig gemustert und dann gesagt hatte: »Meine Liebe, bald kannst du mit deiner Mummy die Kleider tauschen.« Selbstverständlich hatte sie es ihm heimgezahlt und auf seinen Kommentar über ihre dahinschwindende Taille gekontert: »Um so besser paßt sie zu deinem Haaransatz, mein Schatz.« Es hatte ihm jedenfalls nichts ausgemacht. Wirklich nett zu spüren, daß er stolz auf sie war.

»Du bist eine ganz tolle Queen, Liebling, wahrscheinlich, weil du solchen Spaß daran hast.« Nun, das war *ihre* Sache, daran gab's nichts zu rütteln.

Aufregung und Bewunderung flauten ab, das Publikum wartete atemlos auf die nächste Teilnehmerin. Die anwesenden Engländer betrachteten den Wettbewerb selbstverständlich bereits als beendet. Elizabeth hatte sich selbst übertroffen. Es waren nicht nur diese unwahrscheinlich blauen Augen, der makellose Teint, das glänzende Haar. Die Frau besaß Präsenz — Ausstrahlung, nicht wahr. Zur Königin ist man eben geboren ...

Sir Winston sah im Programm nach, bevor er die nächste Teilnehmerin ankündigte. Nicht, daß er das nötig hatte. Meine Güte, das war eine heiße Diskussion gewesen, als sie die Reihenfolge zu bestimmen versuchten. Zum Glück hatte Attlee dann den Vorschlag gemacht, daß Elizabeth als Gastgeberin den Anfang bilden sollte, während die anderen je nach Dauer ihrer Regierungszeit placiert wurden. Keine heikle Altersfrage, und die Queen stand an der Spitze, wie es sich gehörte. Attlee als Friedenstaube, wer hätte das gedacht ...

»Ihre Majestät, Königin Sirikit von Thailand«, verkündete er, wobei es ihm gelang, seiner Stimme etwas von dem volltönenden, metallischen Timbre aus Kriegszeiten zu verleihen.

Atemlose Bewunderung breitete sich aus, als die schlanke Sirikit den Saal betrat. Sie trug ein Brokatkleid — orientalisch schillernde Farbenpracht, gerade geschnitten, der Rock, vorne geschlitzt, zeigte

Fesseln, die einer Revuetänzerin ebenso angestanden hätten wie einer Königin. Ihr tiefschwarzes Haar war zu einem lockeren Aufbau hochgesteckt. Ihre gleichmäßigen weißen Zähne blitzten, als sie den Anwesenden liebenswürdig zulächelte. Sie schritt langsam durch den Saal und aufs Podium, achtete darauf, nicht zu nahe neben Elizabeth zu stehen.

Wenn sie doch bloß gewinnen könnte ... Diese Abendländer mit ihren schrecklichen Vorstellungen von Thailand — das alles hatte nur dieses Buch bewirkt, *Anna und der König von Siam.* Auf dem Flugplatz hatte sie doch tatsächlich eine Bemerkung aufgeschnappt: »Halten Sie es bei einer solchen Königin für möglich, daß der König sich auch noch einen Harem leistet?« Einen Harem, ausgerechnet! Ihr lieber Bhumibol. Dabei wußte alle Welt, daß er sich höchstens dann für eine andere Frau begeisterte, wenn sie halbwegs Saxophon spielen oder wenigstens Waldhorn blasen konnte.

Doch alles in allem war das ihr Jahr gewesen — auf der Liste der bestangezogenen Frauen zu stehen, und wenn sie jetzt diesen Wettbewerb gewann, würden die Menschen Thailand bestimmt ernst nehmen. Und das nicht nur wegen dieses verdammten Silberschmucks, den sie auf Bhumis Bitten ständig tragen sollte, zu Werbezwecken.

Aufgeregte Kommentare wurden ausgetauscht zwischen denen, die zu flüstern wagten. Das läßt sich doch unmöglich vergleichen, sagten sie. Als habe man die Wahl zwischen Schneeweißchen und Rosenrot. Es ging nicht um mehr oder weniger schön — es ging um einen Typ. Die Schiedsrichter waren zu bedauern, wenn die anderen auch nur halb so gut aussahen. Selbst Salomon wäre da ratlos gewesen.

»Ihre Durchlaucht, Fürstin Gracia Patricia von Monaco.« Sir Winston rückte seine Brille zurecht. Sie war diejenige, die ihm am meisten Sorgen machte. Seine Königin könnte spielend den Sieg über die anderen Teilnehmerinnen davontragen, da war er ganz sicher, aber bei diesen Schauspielerinnen hieß es aufpassen. Er kicherte in sich hinein. In seiner Vergangenheit hatte es auch eine Schauspielerin gegeben, vor einem halben Jahrhundert. Die liebe Ethel. Er beugte den Kopf vor, um einen Blick auf die vorbeirauschende Fürstin Gracia Patricia zu erhaschen. Noch schlimmer, als er erwartet hatte — eine fantastische Person!

Sie achtete darauf, den Kopf nicht höher zu tragen als Elizabeth zuvor. Auf so etwas lauern die Leute immer. Sie war froh, daß sie sich für das weiße Kleid entschieden hatte. Sie und Rainier hatten die halbe Nacht geschwankt, ehe sie sich gegen das blaue aussprachen. »Du sollst die Schneekönigin sein«, hatte Rainier bestimmt. »Außerdem wird sich das weiße Kleid besser auf der neuen Briefmarkenserie machen.«

»Nicht noch eine Briefmarkenserie, mein Lieber«, hatte sie protestiert. »Meinst du nicht, daß wir allmählich mehr Marken als Briefe zu frankieren haben? Von der letzten Ausgabe haben wir noch so viele übrig, daß wir sie im Bankettsaal lagern mußten. Die Köchin will keine Blechdosen mehr herausrücken, und der Keller ist bereits überfüllt.«

Rainier blickte niedergeschlagen drein, sagte dann hoffnungsvoll: »Wir werden wieder eine Woche des

Briefes veranstalten. Das letzte Mal, als wir die Bevölkerung dazu aufriefen, haben wir das ganze Dachgeschoß geräumt.«

Sie stieg aufs Podium und dachte dabei, wie schön es wäre, um seinetwillen zu gewinnen. Er wünschte es sich so sehr, daß ihr Land wichtig genommen wurde. Bissige Bemerkungen, in denen Vergleiche zwischen Monaco und Central Park angestellt wurden, wurmten ihn sichtlich. Und er tat so viel für sie. Zum Beispiel, als sie zur Hochzeit eintraf und er ihr berichtete, er habe ihr zu Ehren sämtliche undichten Leitungen im Schloß reparieren lassen. »Jetzt hat jeder Installateur seine helle Freude dran«, hatte er voller Stolz erklärt.

Und dann hatte er ihr seinen prachtvollen Kakteengarten gezeigt. »Wenn dir nach Schauspielern zumute ist, können wir ja hier draußen eine Szene aus *High Noon* nachstellen«, hatte er vorgeschlagen.

Die letzten Klänge von *Glanz und Glorie* verebbten, als sie ihren Platz auf dem Podium einnahm. *Ich liebe diese Melodie,* dachte sie. *Wenn es nicht um die Tantiemen für* True Love *ginge, wäre das mein Lieblingsstück, ehrlich.* Sie mußte sich mühsam zurückhalten, nicht die letzte Strophe von *True Love* zu summen, als sie sich rasch umschaute. Die anderen sahen einfach fabelhaft aus. Ein Blick auf die erste Reihe der Würdenträger zeigte ihr, daß Rainier über beide Ohren strahlte und fast platzte vor Stolz. Sie atmete auf. *Hoffentlich denkt Mama daran, mir die morgigen Zeitungen von Philadelphia zu schicken,* dachte sie.

Farah Diba stand ungeduldig im Seitenflügel. Sie wußte, daß ihre Augen funkelten, und senkte sie bedachtsam, zauberte das sanfte Mona-Lisa-Lächeln auf ihre Züge, das die Leute von ihr erwarteten. Sie trug ein hellgrünes, mit Hunderten von winzigen Diamanten besticktes Gewand. Ihr Herr und Gebieter hatte ihr das überaus wertvolle neue Diadem höchstpersönlich aufgesetzt, war einen Schritt zurückgetreten, um sie zu mustern, und hatte genickt. »Wenn diese Schiedsrichter keine Narren sind, trägst du heute abend einen weiteren Titel, Kleines«, hatte er gesagt.

Sie lächelte ihm zu. »Laß sie enthaupten, wenn sie gegen mich stimmen«, hatte sie vorgeschlagen.

Er schien konsterniert. »Meine Vorfahren hätten das natürlich tun können. Heutzutage würde man ein solches Verhalten wohl als unsportlich und unfair ansehen.« Er nahm ihren Arm, als sie zum Ballsaal hinuntergingen.

Und was das Komische daran ist, dachte sie, *du weißt immer noch nicht, daß du mich anbetest. Irgendwo glaubt etwas in dir, daß die Vergangenheit noch immer bei dir ist.*

Sie erinnerte sich an die Studienzeit an der Sorbonne, als sie und eine Freundin die untröstliche Rede des Schahs gelesen hatten, in der er die Scheidung von seiner geliebten Soraya bekannt gab. Ihre Freudin, eine empfindsame Seele, hatte geseufzt. »Ganz gleich, wen er heiratet, er wird immer um Soraya weinen.«

Farah Diba erinnerte sich auch an ihre Antwort: »Trauerweiden lassen sich leicht umpflanzen.« Davon war sie nach wie vor überzeugt. Zugegeben, anfangs war es nicht einfach gewesen. Aber Reza junior hatte ihr Pluspunkte eingebracht. Und sie war sechs Jahre jünger als Soraya. Das kam ihr ebenfalls zugute.

»Ihre kaiserliche Hoheit, Farah Diba, Herrscherin des Iran.« Sie hörte die ersten Takte der Musik, betrat den großen Ballsaal und fühlte sich unaussprechlich selbstsicher. Noch eins — wenn sie diesen Wettbewerb gewann, würde sie schleunigst dafür sorgen, daß die Avenue Soraya einen neuen Namen bekam. Bis jetzt hätte sie nicht im Traum daran gedacht, eine solche Änderung zu veranlassen. Lieber großmütig sein, aber nun reichte es.

Sie wußte, das Volk verglich sie mit ihrer Vorgängerin. Doch Soraya hatte ebenfalls eine bildschöne Vorgängerin gehabt, und wer sprach jetzt noch von ihr? Zuversichtlich bestieg sie das Podium. Reza beugte sich in seinem Sessel vor, lächelte triumphierend. Sie wollte ihm eine Kußhand zuwerfen, solche frivolen Gesten schienen ihn zu faszinieren, aber sie begnügte sich damit, ihm fast unmerklich zuzuzwinkern.

Und das Drollige bei dem ganzen, sinnierte sie, *wenn es nicht um den Erben für den Pfauenthron gegangen wäre, hätte ich lieber ein Mädchen gehabt.*

Sir Winston räusperte sich. Hoffentlich hatte die reizende junge Frau, die eben gekommen war, nicht die geflüsterten Kommentare gehört, die sie mit ihren Vorgängerinnen verglichen. *Diese vorderasiatischen Länder,* dachte er ungeduldig. Was, zum Teufel, war daran falsch, wenn eine Frau die Thronfolge antrat? Nach manchen Königen zu urteilen, die er gekannt hatte, machten die Königinnen ihre Sache eher besser. Apropos Königinnen ... Er merkte, daß ihn alles erwartungsvoll anblickte. Richtig, die kleine Neue, Fabiola aus Belgien. Wirklich eine entzückende Person, keine Konkurrenz für Elizabeth — aber wer war das schließlich? »Ihre Majestät, Fabiola, Königin der Belgier.«

Fabiola holte tief Luft — vor Aufregung, nicht aus Nervosität. Sie kam herein, angetan mit einem erlesenen Ballkleid, blaßrosa Satin, verschwenderisch drapiert — aber keine Schleppe. Du lieber Himmel, wenn sie bloß an diese sechs Meter lange Stoffbahn dachte, mit der sie vor den Traualtar getreten war! Die hatte so stark an ihr gezogen, daß sie sich während der halben Flitterwochen mit einem steifen Hals herumquälen mußte.

Langsam durchquerte sie den Saal, quittierte die Knickse und Ovationen mit einer leichten Verbeugung. Sie hatte vorgeschlagen, sich ein bis zwei Kämme ins Haar zu stecken und einen Fächer zu tragen, nur um ihre Erscheinung durch ein bißchen spanische Eleganz aufzumöbeln. Doch Baudouin hatte ein gequältes Gesicht gemacht. »Deine Mantille und Haarkämme kannst du irgendwann mal auf einem Kostümball tragen«, hatte er gemeint.

Sie erhob nicht den Anspruch, so fabelhaft auszusehen wie Gracia Patricia oder Jackie. *Aber ich bringe den Aschenputtel-Effekt mit,* dachte sie. *Ich fessele die Fantasie — alte Jungfer mit einunddreißig Neffen und Nichten zieht ab mit dem größten Fang in Europa.* Sie lächelte Baudouin zu, der aufrecht und stolz in der ersten Reihe der Würdenträger saß, und dachte an den Tag, an dem sie sich kennengelernt hatten. Es geschah auf einer Cocktailparty, und er wurde als Graf Sowieso vorgestellt. Das hatte sie verblüfft. Glaubte wirklich irgend jemand, der begehrenswerteste Junggeselle der Welt wäre nicht zu erkennen? Sie wollte sich schon tief verneigen, als ihr jener amerikanische Kandidat einer Quizsendung einfiel, der zwar die Namen von längst vergessenen Inselgruppen wußte, nicht aber den des Königs von Belgien. Er hatte dafür eine Begründung geliefert. Aus einer absonderlichen Anwandlung heraus beschloß sie, nach den gleichen Spielregeln zu verfahren.

Sie tat völlig ahnungslos, was die wahre Identität des Grafen betraf, und dankte jetzt ihrem guten Stern dafür. Er hatte so gelöst gewirkt. Vielleicht wurde Baudy bloß reserviert und vorsichtig, wenn er das Land regierte. Gelegentlich fragte er sie: »Und du hast mich wirklich nicht erkannt, meine Liebe?« Irgendwann mußte sie diesen amerikanischen Quizkandidaten zum Dinner einladen. Das war sie ihm schuldig. Sie war auf dem Podium angelangt und sah sich in dem prachtvollen Ballsaal um. Sie spürte das Gewicht des Diadems auf ihrem Kopf und atmetet glücklich auf. *Wenn das hier nicht alles schlägt,* dachte sie. *Ein Märchen zu erleben ist etwas ganz anderes, als Märchen zu schreiben ...*

Sir Winston räusperte sich laut. Zuletzt, aber wahrlich nicht zu übersehen kam das neueste Mitglied der bezaubernden Runde — die hinreißende Jackie Kennedy. Tja, diese Amerikanerinnen — sie hatten dieses gewisse Etwas. Wirklich atemberaubend! Den Hals glücklich frei, wartete er, bis das erwartungsvolle Raunen verstummte, verkündete dann pompös: »Die First Lady der Vereinigten Staaten, Jacqueline Bouvier Kennedy.«

Oleg hat sich selbst übertroffen, dachte Jacky, als sie leicht durch den Ballsaal zu gleiten begann — goldfarbener Satin, enganliegend, aber mit einer angedeuteten Schleppe. Natürlich verneigte sich niemand vor ihr, doch das respektvolle Nicken schmeichelte ungemein. Am Vormittag hatte sie Elizabeth erzählt, wie sie von einer Zeitung in Washington herübergeschickt worden war, um Skizzen von der Krönung zu machen. »An dem Tag taten Sie mir ehrlich leid«, hatte sie der Queen anvertraut. »Dieses ganze Zeremoniell. Damals ahnte ich ja nicht, daß ich später mal eine feierliche Amtseinführung mitmachen würde.«

»Sie sind wenigstens mit dem Auto hingefahren«, entgegnete Elizabeth. »Diese Kutsche, die man für mich hervorholt, ist wirklich eine Zumutung — schwankt wie das sprichwörtliche Rohr im Wind, und man hat das Gefühl, in einem Kühlschrank zu sitzen.«

»Ja, aber wenn Sie erscheinen, bleibt's unweigerlich bei *God Save the Queen*«, erinnerte sie Jackie. »Haben Sie zufällig mal gehört, wie *Jacqueline* gespielt wurde?«

Elizabeth nickte mitfühlend. »Das wird nie in die Hitparade kommen.«

Jacqueline lächelte in sich hinein. Die Queen war wirklich gut zu leiden. Sie waren vormittags auch zusammen ausgeritten. Sie ging an der Reihe der Würdenträger vorbei, bevor sie die Empore bestieg.

Der Präsident beobachtete sie aufmerksam und schlug sich mit der Rechten kräfig aufs Knie, also mußte alles in Ordnung sein. Wenn Jack diese Handbewegung stoppte, dann stimmte garantiert etwas nicht. Wie damals in der Autokolonne, wo sie nach acht Kilometern im Schneckentempo ihr Buch aufgeschlagen hatte. Sobald diese Hand reglos verharrte, wußte sie, daß sie sich in die Nesseln gesetzt hatte. Aber Chaucer war eben ein reines Vergnügen …

Würdevoll schritt sie über das Podium und registrierte, wie entzückend Fabiola aussah. *Ihr ist diese Prozedur genauso neu wie mir, aber sie hat auch ihren Spaß daran,* dachte Jackie. *Und sie scheint kein bißchen verärgert zu sein wegen König Baudouins Brille.* Das war der einzige kritische Moment dieser Reise gewesen. Jack hatte Philip und Reza und Baudouin und Rainier und die anderen überredet, rasch eine Partie Football im Schloßgarten zu spielen. Und Jack, wie er nun einmal war, spielte auf Sieg.

Jetzt humpelte Philip, Baudouin linste kurzsichtig durch seine Lesebrille, und Rainier hatte sich den Daumen verstaucht. Aber was machte das schon? Sie stand hier, und das allein zählte. Auch Pa Kennedy hatte dieser Wettbewerb in helle Aufregung versetzt. Er hatte ihr einen Scheck über eine Million Dollar versprochen, wenn sie gewann. Lächelnd blickte sie von ihrem Platz aus Jack in die Augen. *Wir haben alles, was wir uns nur wünschen können,* dachte sie. *Jugend und Aussehen und die Kinder und einander und Geld und das Weiße Haus. Aber was können wir nur tun, damit es so weitergeht?*

Sir Winston inspizierte das Podium aufmerksam. Noch nie war so viel Jugend und Schönheit versammelt gewesen. Argwöhnisch musterte er die Schiedsrichter. Gerade hatte er aus zuverlässiger Quelle erfahren, Nikita habe angeboten, für Jackie Kennedy zu stimmen, wenn die Vereinigten Staaten Alaska an ihn zurückverkaufen würden. Und Nehru hatte versprochen, für Elizabeth zu votieren, wenn England gegenüber der Statue von Queen Victoria eine von

Ghandi aufstellen würde. Von de Gaulle hätte man erwartet, er wäre über solche faulen Tricks erhaben, doch dem Hörensagen nach hatte er Rainier versprochen, für Gracia Patricia zu stimmen, im Austausch gegen die Spielbankeinnahmen von Monte Carlo — um Frankreich über Wasser zu halten, bis die Algerienfrage gelöst wäre.

Sir Winstons Gesicht nahm auf Kommando wieder den Ausdruck einer Bulldogge an, der es in den vierziger Jahren so berühmt gemacht hatte. Der Wettbewerb hatte seinen Zweck erfüllt. Zwischen den Ehemännern der Teilnehmerinnen und den Schiedsrichtern würde ein Gipfeltreffen zustande kommen, wie es die Welt noch nicht erlebt hatte. Und er würde es bei einem erstklassigen alten Brandy arrangieren.

Er begab sich auf die Empore. »Wir haben das Unmögliche versucht«, verkündete er mit donnernder Stimme. »Wir haben versucht, die Wahl zu treffen zwischen Rose und Lilie, zwischen Orchidee und Jasmin.« Er sah die Schiedsrichter an, die heftig und dankbar nickten. »Wir werden diese Damen zu einem Strauß vereinen, wie man ihn noch nie gesehen hat. Jeder Versuch, eine unter ihnen auszuwählen, übersteigt die menschlichen Fähigkeiten bei weitem ...«

Sir Winston öffnete die Augen. Das war sein großer Moment, eine blitzartige Erleuchtung. Der Reporter saß immer noch am Tisch, ruhig, aufmerksam. »Wie Sie über den ersten Preis entschieden haben, Sir, das hielt ich für einen geradezu genialen Schachzug«, meinte er respektvoll.

Sir Winston lachte stillvergnügt in sich hinein. »War es auch, junger Mann«, gab er zu. »War es auch. Ich erinnerte mich an den Preis, als ich meine Rede beendete, und mein Blick schweifte verzweifelt durch den Saal. Es war ein Geschenk des Himmels, daß er auf Mrs. Chruschtschow ruhen blieb, die in schwarzem Samt und Perlen recht chic aussah. Sie war von jeher wegen ihrer nachlässigen, biederen Kleidung berüchtigt. Und nach eiliger Rücksprache mit den Schiedsrichtern, für die Nikita sich taktvollerweise als unzuständig erklärte, tauften wir die Medaille ›Größter Fortschritt‹ und steckten sie ihr an.«

QUELLENNACHWEIS

Die Stimme im Keller / VOICES IN THE COALBIN.
Deutsche Erstveröffentlichung. Copyright © 1989 by Mary Higgins Clark. Copyright © der deutschen Übersetzung 1993 by Wilhelm Heyne Verlag GmbH & Co. KG, München. Aus dem Englischen von Liselotte Julius.

Da haben wir die Bescherung / THAT'S THE TICKET.
Copyright © 1989 by Mary Higgins Clark. Copyright © der deutschen Übersetzung 1993 by Wilhelm Heyne Verlag GmbH & Co. KG, München. Aus dem Englischen von Hilde Linnert.

Der blinde Passagier / STOWAWAY.
Deutsche Erstveröffentlichung. Copyright © 1958 by Mary Higgins Clark. Copyright © der deutschen Übersetzung 1993 by Wilhelm Heyne Verlag GmbH & Co. KG, München. Aus dem Englischen von Liselotte Julius.

Ein Routineflug / MILK RUN.
Copyright © 1958 by Mary Higgins Clark. Copyright © der deutschen Übersetzung 1991 by Wilhelm Heyne Verlag GmbH & Co. KG, München. Aus dem Englischen von Walter Brumm.

Schönheitswettbewerb im Buckingham-Palast / BEAUTY CONTEST AT BUCKINGHAM PALACE.
Deutsche Erstveröffentlichung. Copyright © 1961 by Mary Higgins Clark. Copyright © der deutschen Übersetzung 1993 by Wilhelm Heyne Verlag GmbH & Co. KG, München. Aus dem Englischen von Liselotte Julius.